Nora Flick

Feuchte Luder

Erotische Geschichten

Bibliografische Information der Deutschen Nationalbibliothek
Die Deutsche Nationalbibliothek verzeichnet diese Publikation in der
Deutschen Nationalbibliografie; detaillierte bibliografische Daten sind
im Internet über http://dnb.d-nb.de abrufbar.

Cover-Foto: © BrasilCat / fotolia.de

Herstellung und Verlag: Books on Demand GmbH, Norderstedt

Printed in Germany

1. Auflage: Januar 2011

ISBN 9-783842-349322

Inhalt

1. Schwarze Befriedigung   4

2. Der letzte Saunagang   27

3. Die entjungferte Cousine   44

4. Geheimnisvolle Studentin   68

5. Gurken und Bananen   87

1. Schwarze Befriedigung

„Wir machen auch dieses Jahr wieder einen Cheftausch. Nachdem letztes Jahr Japan dran war, wird es dieses Jahr Frankreich sein. Herr Dupont von unserer Partnerfiliale in Paris wird mich ab Montag für eine Woche vertreten, während ich für eine Woche der Chef in Paris sein darf. Ich hoffe, Sie tanzen Herrn Dupont nicht zu sehr auf der Nase herum." Herr Tiede, mein Chef, hob drohend den Zeigefinger. „Ich sage Ihnen, mit den Franzosen ist nicht zu spaßen!" Er schmunzelte.

Wir wussten, wie wir seine Drohungen zu verstehen hatten. Wie immer sollten wir die vorbildlichen Arbeitnehmer spielen, wenn er längere Zeit abwesend war.

„Also, reißen Sie sich am Riemen und helfen sie Herrn Dupont so gut es geht, wenn er Fragen hat!" Damit war die Besprechung beendet. Wir kehrten wieder in unsere Büroräume zurück.

„Herr Dupont", pfiff meine Kollegin Bettina in einem vornehmen Ton. „Das klingt so nach Schloss", sie seufzte, „und so sinnlich." Verträumt blickte sie mich über ihren Schreibtisch hinweg an.

„Aber die Franzosen sind auch nicht mehr im Mittelalter. Ich bezweifle, dass Herr Dupont in einem Schloss residiert", antwortete ich trocken.

„Na, träumen darf man doch wohl noch, oder?", blinzelte Bettina mir zu. „Du musst immer alles zunichtemachen!"

Dann kam der Montag. Alle waren gespannt auf Herrn Dupont, vor allem natürlich die Frauen.

Tuschelnd versammelten wir uns im Konferenzraum.

Fünf Minuten später trat Herr Dupont ein. Ein schätzungsweise 1,90 Meter großer Schwarzafrikaner mit Glatze. Außerdem sprach er perfektes Deutsch, denn er hatte sein Jurastudium komplett in Deutschland absolviert, wie er uns mitteilte.

Damit hatte keiner gerechnet. Wir hatten eher einen mittelgroßen, dunkelhaarigen Franzosen erwartet, der mit einem melodischen französischen Akzent Deutsch sprach. Aber Pustekuchen.

Zum Abschluss teilte Herr Dupont uns in einem kühlen, sachlichen Ton Umstrukturierungen mit, die für die Zeit seiner Vertretung ausnahmelos für jeden gelten sollten. Von französischer Romantik keine Spur.

„Da ist er, dein sinnlicher Prinz", gluckste ich Bettina leise zu.

„Ha, ha", gab Bettina enttäuscht zurück. Sie war Single und hatte auf einen französischen Schönling gehofft, dem sie vielleicht für eine Woche die Augen hätte verdrehen können. Das wäre ihr auch ohne Zweifel gelungen, das stand fest, denn Bettina war nicht einfach nur blond, sie war wirklich ein Hingucker für jeden Mann. Sie hätte einen Job in der Beautybranche wählen sollen, anstatt hinter den Fassaden einer Kanzlei zu versauern.

Nach seiner Begrüßungsrunde im Konferenzraum kam Herr Dupont an jeden Arbeitsplatz, um sich für einige Minuten ein Bild von den unterschiedlichen Aufgaben eines jeden Mitarbeiters zu machen.

Ich muss zugeben, so dicht neben mir strahlte Herr Dupont eine sehr dominante und männliche Aura aus. Sein starkes Moschusparfum unterstrich diese Aura noch.

Als er meinen Platz verließ, wedelte ich mit meiner Hand und beugte mich zu Bettina hinüber: „Uuiii, irgendwie hat der was, oder?"

„Melanieee", antwortete Bettina strafend, „du bist verheiratet. Hast du das schon vergessen? Da ist Andreas mal eine Woche auf Montage und schon ist er aus deinem Sinn. Tse, tse."

Ich war froh, meinen jetzigen Ehemann vor fünf Jahren getroffen zu haben, denn ich hatte es nie leicht gehabt, einen Freund zu finden, ich war einfach nicht besonders hübsch. Zwar hatte ich eine gute Figur, aber zu schmale Lippen und eine viel zu lange Nase. Ich hatte tatsächlich schon ernsthaft an eine chirurgische Nasenkorrektur gedacht. Aber solange ich mich noch nicht entschieden hatte, versuchte ich diesen Makel in meinem Gesicht mit schulterlangen, üppigen, braunen Locken zu kaschieren. Diese ließen meine Nase etwas kleiner erscheinen.

„Gucken darf ich doch wohl noch, oder?", erwiderte ich.

„Seit wann stehst du auf Schwarze? Du weißt, was man über sie sagt, oder?" Bettina verzog ihren Mund zu einem breiten Lächeln.

„Natüüürlich. Wäre das nicht mal interessant für dich herauszufinden, Bettina? Der steht bestimmt auf Blonde. Ist ja meistens so bei Schwarzen."

„Mal schauen." Sie zwinkerte mir geheimnisvoll zu.

„Einen schönen Feierabend." Bettina gab mir vor der Eingangstür der Kanzlei links und rechts einen angedeuteten Wangenkuss und stöckelte dann zu ihrem Auto. Ich wohnte nur ein paar Straßen weiter und konnte zu Fuß gehen.

Es war Ende September und leider schon viel zu kalt für meinen Geschmack. Ich wickelte meinen Schal noch enger um meinen Hals und marschierte schnellen Schrittes los, damit mir ein bisschen wärmer wurde.

Zehn Minuten später stand ich vor der Haustür des vierstöckigen Mehrfamilienhauses, in dem mein Mann und ich eine Dreizimmerwohnung gemietet hatten.

Ich steckte gerade den Schlüssel ins Schloss, als ein Auto direkt hinter mir am Bürgersteig hielt. Es war ein schwarzer Mercedes. So einen hatte ich noch nie in unserer Straße gesehen. Leider konnte ich den Fahrer nicht erkennen. Erst als er Ausstieg, wusste ich, wer es war. Herr Dupont. Noch bevor ich mich überhaupt wundern konnte, was er vor meiner Haustür machte, stand er schon hinter mir und fasste mir grob an den Po, drückte sich an mich und blies mir ins Ohr: "Mach die Tür auf. Ich kann es nicht mehr erwarten."

Ich versuchte, mich von ihm loszureißen, aber gegen seine Stärke hatte ich keinerlei Chance. Er hielt meine Arme fest.

Dann fühlte ich etwas Hartes an meinem Rücken. Es war zweifelsohne sein steifes Glied. Panisch wand ich mich in seinem Griff.

„So gefällst du mir", schnaufte er und fasste mir zwischen die Beine. Jetzt spürte ich seinen harten Schwanz an meiner Taille.

Ich weiß nicht warum, aber ich schloss die Tür auf. Wahrscheinlich, um ihm zu entkommen. Aber Herr Dupont kam mir natürlich hinterher.

Andreas und ich wohnten im Erdgeschoss und so standen wir wenige Sekunden später in unserem Flur. Herr Dupont knallte die Tür hinter sich zu, schleuderte mich mit dem Rücken dagegen und rieb seine Handkante immer wieder in meinem Schritt.

Geistesabwesend löste ich meinen Schal und zog meinen Mantel aus. Durch meine Bluse zeichneten sich die runden Wölbungen meiner Busen ab. Gierig grapschte er nach ihnen und riss mit einem Ruck die Bluse auseinander. Ich hörte einen Knopf gegen die Garderobe knallen. Dann zog er den BH grob nach oben, griff nach einer nackten Brust und quetschte sie nach vorne, um ziellos und ausgelassen an ihr zu lecken.

Es war so, als ob ich mich und die Situation von außen betrachtete. Ich wusste nicht, ob mich das alles erregen oder abstoßen sollte.

Während er noch an meiner Brust züngelte, öffnete er meine Stoffhose. Sie rutschte von allein an meinen Beinen hinunter, da sie weit geschnitten war. Dann streifte Herr Dupont ungeduldig meinen Slip ab, steckte gezielt einen Finger in meine Muschi und nahm ihn gleich wieder heraus, um ihn abzulecken. Anschließend zog er seine Hose inklusive Unterhose in einem Zug aus. Was dann zum Vorschein kam, übertraf all meine Vorstellungen. Ich bezweifelte, dass sein Ding ganz in mein Loch passen würde. Von der Länge her nicht und schon gar nicht von der Dicke! Daher meldete ich mich zu Wort: „Das passt nicht, auf keinen Fall!"

„Das passt, ich dehne dich." Herr Dupont keuchte vor Erregung. Und schon packte er mich an der Hüfte, hob mich hoch und hielt mich mit einem Arm unter meinem Hintern fest, um mit der anderen Hand seinen Schwanz Stück für Stück in meine Vagina zu quetschen. Es tat höllisch weh, aber langsam begann mich die ganze Angelegenheit irgendwie auch zu erregen.

Als Herr Dupont die erste Enge in mir überwunden hatte, flutschte der Rest nach. Allerdings nicht bis zu seinem Schwanzansatz. Sein Glied war einfach zu lang.

Dann drückte er mich gegen die Wand und fickte mich wie ein Weltmeister. Hätte es einen Preis für das schnellste Stoßintervall gegeben, so hätte er ihn heute Abend gewonnen. Oder auch für den kürzesten Fick, denn nach gefühlten zwei Minuten war alles vorbei. Er dockte mich ab und stellte mich auf den Boden. Meine Muschi brannte.

Herr Dupont kleidete sich wieder an. Ich erwartete, dass er ohne Worte verschwinden würde, dann aber sagte er: „Ich hole schnell was aus dem Auto und komme gleich wieder, lass die Tür angelehnt."

Was blieb mir anderes übrig, als zu warten? Was wollte er bloß aus dem Auto holen? Sexspielzeug? Ging es etwa gleich in die zweite Runde? War das eben nur das Vorspiel gewesen? Ich rechnete mit allem.

Herr Dupont kam zurück, blieb aber im Türrahmen stehen und hielt mir eine Tüte hin: „Was da drin ist, ziehst du beim nächsten Mal an. Verstanden?"

„Und wann ist das nächste Mal?"

„Morgen Abend." Dann machte er auf dem Absatz kehrt.

Ich schloss die Tür hinter ihm und ließ mich auf den Teppich plumpsen.

Was war da eben nur passiert? Mein Vertretungschef hatte mich mal eben auf die Schnelle durchgebumst. Was sollte ich bloß meinem sanften, zärtlichen Andi sagen? Tränen rollten mir übers Gesicht. Ich griff in die Tüte und zog schwarze oberschenkellange Plateau-Lackstiefel heraus, dann einen schwarzen Lackbody.

Passte mir das alles überhaupt? Widerwillig zwängte ich mich in den Body. Er hatte einen Reißverschluss, der am Steiß begann, über den Schambereich und zwischen den Brüsten entlangführte und am hohen Kragen endete. Die Busen waren jeweils nur zur Hälfte vom Lack bedeckt, die andere Hälfte war nackend.

Der Body saß wie eine zweite Haut. Die Lackstiefel waren allerdings eine Nummer zu groß, was optisch aber überhaupt nicht auffiel.

Da stand ich nun vor unserem Flurspiegel. Wenn Andreas mich so hätte sehen können! Vielleicht fuhr er ja auch auf Lack und Latex ab und hatte sich bisher nicht getraut, es zu erwähnen, weil er dachte, ich fände es abscheulich. Aber so schlimm fand ich es gar nicht. Ganz im Gegenteil, ich fand mein Spiegelbild unerwartet erotisch.

Ich klappte abwechselnd den Lackstoff über den halbdeckten Brüsten zur Seite und spielte an meinen kleinen Knospen. Dann drehte ich mich zur Seite und streckte meinen Hintern raus. Großzügig leckte ich mit meiner Zunge über meine Lippen, während ich versuchte, einen verruchten Blick aufzusetzen. Danach stellte ich mich breitbeinig vor den Spiegel, zog ein Bein etwas hoch und streichelte links und rechts über den Lackbody. Ich fand mich unglaublich sexy und griff zwischen meine Beine nach hinten, um den Reißverschluss langsam nach vorn zu ziehen. An meinem Kitzler machte ich halt und kitzelte ihn ein wenig mit dem Zipper des Reißverschlusses. Das gefiel mir. Mit der anderen Hand schob ich zwei Finger in meine Muschi. Noch besser! Ich ließ den Zipper los und nahm nun meinen Finger, um meine Kirsche intensiver zu reiben. Doch das alles reichte mir nicht. Herr Duponts Penis hatte mich so stark gedehnt, dass ich nun etwas Härteres und Dickeres in mir brauchte als meine Finger. Was konnte ich nehmen? Mein Blick viel auf die Plateau-Lackstiefel. Der Hacken würde breit genug sein. Hüpfend zog ich mir einen Stiefel aus und führte ihn sitzend in meine Muschi ein. Das war gut! Der Hacken stimulierte das Innere meiner Scheide und die Außensohle drückte bei jedem Hineinschieben auf meinen Kitzler. Ich beschleunigte das Tempo und kam juchzend zum Höhepunkt.

Was hatte Herr Dupont in so kurzer Zeit bloß aus mir gemacht? Ich packte die Kleidung wieder in die Tüte und warf sie in die Abstellkammer. Was dachte sich Herr Dupont eigentlich? Sollte ich für diese Woche etwa seine Hure sein? Arschloch! Und sollte ich Bettina davon erzählen? Bloß nicht! Das würde früher oder später die Runde in der

Firma machen und mit Sicherheit irgendwann auch bei Andreas landen. Ich musste es unbedingt für mich behalten.

Am nächsten Tag auf dem Weg zur Kanzlei, fragte ich mich, wie Herr Dupont mir wohl auf der Arbeit begegnen würde. Eher vertraut oder eher distanziert?

Wie immer war ich zehn Minuten zu spät. Leicht zitternd öffnete ich die Eingangstür. Herr Dupont war nicht in Sicht. Schnell huschte ich den Gang entlang und bog in das Bürozimmer ein, welches Bettina und ich uns teilten.

Bettina war schon da.

„Morgen", rief ich ihr fröhlich zu. „Ist Herr Dupont schon da?", versuchte ich so beiläufig wie möglich zu fragen.

„Jaha, und er hat allen persönlich einen guten Morgen gewünscht!", flötete Bettina.

„Wie? Er ist in jedes Zimmer gegangen?"

„So ist es."

Herr Tiede, unser richtiger Chef, machte sich nicht so eine Mühe. Er warf einem erst ein „Guten Morgen" an den Kopf, wenn man ihm zum ersten Mal über den Weg lief. Dabei spielte es keine Rolle, ob es morgens um zehn oder nachmittags um 16 Uhr war.

Zehn Minuten später stand Herr Dupont in unserem Büro. „Guten Morgen, Frau Timmermann. Dürfte ich Sie bitten, in Zukunft auf die Pünktlichkeit zu achten? Es ist bereits zwanzig nach neun."

„Ich bin nicht erst eben, sondern bereits vor zehn Minuten angekommen", gab ich flapsig zurück.

„Sind immer noch zehn Minuten zu spät. Wir haben hier keine Gleitzeit. Das ist unfair ihren Mitarbeitern gegenüber. Denken Sie bitte daran." Und schon war er wieder verschwunden.

Gleitzeit! Am liebsten hätte ich bei dem Wort laut aufgelacht. Sein Schwanz hatte aber offensichtlich eine!

„Hast du gehört, du böses Mädchen? Du behandelst mich unfair!" Bettina schüttelte den Kopf und kicherte. „Und ich dachte, die Franzosen wären nicht so pingelig." Bettina tippte weiter auf ihrer Tastatur.

„Ein Arsch von Chef, oder? Wie heißt der gnädige Herr eigentlich mit Vornamen?"

„Pascal."

Am Nachmittag begegnete ich Pascal im Kopierraum. Wir waren allein.

„Hast du die Sachen anprobiert?", fragte er mich direkt.

Ich war erstaunt. Das fragte er mich hier auf der Arbeit?

„Ja, passt", gab ich kühl zurück.

„Gut. Ich bin um 18 Uhr da. Zieh die Sachen an." Ohne ein weiteres Wort verließ er den Raum.

Warum nahm er nicht Bettina? Was fand er bloß an mir? Reizte es ihn, dass ich verheiratet war? Oder mochte er kleine Frauen wie mich, weil sie enge Fotzen hatten? Oder hatte er etwa Angst vor hübschen Frauen wie zum Beispiel Bettina?

Es war 18 Uhr und Pascal drückte zweimal die Klingel mit jeweils einigen Sekunden Abstand.

Ich war mir nicht mehr sicher, ob ich die Tür öffnen sollte. Ich hatte zwar das Lackzeug an, fürchtete mich aber ein wenig, da ich nicht wusste, was Pascal heute mit mir anstellen wollte.

Beim dritten Mal klingelte er fünfmal schnell hintereinander.

Ich wusste, er würde nicht locker lassen und betätigte den Türöffner für die Haupteingangstür.

Pascal kam die wenigen Stufen zu unserer Wohnung heraufgesprungen und knallte die Tür hinter sich zu. „Warum machst du nicht auf? Was soll das?", fuhr er mich mit zusammengezogenen Augenbrauen an.

Seine Art flößte mir Angst ein. „Ich ... ich war noch nicht vollständig angezogen", log ich daher und schaute ängstlich zu ihm auf.

Er musterte mich von oben bis unten. Sein Gesichtsausdruck entspannte sich wieder. „Du siehst verdammt scharf aus. Zeig deine Titten." Er pulte meine Brüste aus der halben Lackbedeckung und kniff meine Brustwarzen bis sie hart waren. Dann ließ er meine Busen eingequetscht aus der halben Öffnung hängen, drehte sich suchend um und fragte: „Wo ist das Schlafzimmer?"

Ich zeigte den Flur hinunter.

Und schon hob mich Pascal hoch, trug mich, an einer Brustwarze saugend, ins Schlafzimmer, schmiss mich dort aufs Bett und befahl mir, den Body bis zum Bauchnabel zu öffnen.

Ich lag auf dem Rücken. Um nach dem Zipper tasten zu können, drückte ich mein Becken etwas nach oben und streckte meinen Arm durch meine Beine nach hinten.

Pascal schaute mir ungeduldig in den Schritt, während er sich hastig seines Hemdes und seiner Hose entledigte. Der Anblick seines schwarzen, gewaltigen Knüppels jagte mir am zweiten Tag nicht mehr ganz so viel Angst ein, eher törnte er mich an.

Als ich den Zipper endlich fand, zog ich den Reißverschluss langsam bis zum Bauchnabel auf.

Pascal hockte sich vor das Bett und bohrte seinen langen Mittelfinger in meine Muschi, drehte ihn ein paar Mal hin und her, nahm ihn wieder heraus und wischte ihn an seinem steifen Penis ab. Dann stand er auf und streckte mir seine Latte mit dem Satz „Leck deinen Fotzenschleim von meinem Schwanz" entgegen.

Das wollte ich gern tun und stellte mich auf alle Viere.

Ich hatte gerade seine Eichel im Mund, als er mit einer Hand meine Locken am Hinterkopf packte und seinen Knüppel mit einem Ruck in meinen Rachen stieß. Während der zwanzig heftigen Stöße, die nun folgten, schaffte ich es gerade soeben, meinen Würgereiz zu unterdrücken. Als sein Sperma allerdings an mein Gaumenzäpfchen spritzte, konnte ich es nicht mehr verhindern, ich musste würgen. Die Samenflüssigkeit quoll zwischen seinem Penis und meinen Lippen hervor und lief mir am Hals hinunter.

Pascal zog sein immer noch hartes Rohr aus meinem Mund und lachte. „Schmeckt`s dir etwa nicht?"

„Tut, tut mir leid." Mir war das Ganze extrem peinlich. Zitternd fischte ich ein Taschentuch vom Nachttisch und wischte die Samen von meinem Hals und meinem Mund.

„Dein süßes Mündchen ist für so einen langen Schwanz wohl nicht gemacht, wie?" Pascal lachte wieder. Er nahm sich ebenfalls ein Taschentuch, wischte sein Ding ab und schlüpfte anschließend wieder in seine Klamotten. Dann sagte er: „Morgen selbe Zeit. Zieh den Lackfummel wieder an."

„Morgen Abend bin ich nicht da", log ich schnell.

„Oh doch, du wirst da sein. Sonst kannst du die restliche Woche alte Akten sortieren und vernichten. Deine Arbeit kannst du dann nächste Woche nachholen."

Das hatte gesessen. Alte Akten sortieren und vernichten war die verhassteste Aufgabe für jeden in der Firma. Und meine Arbeit konnte ich auf keinen Fall bis nächste Woche liegen lassen.

Mir fiel es plötzlich wie Schuppen von den Augen. Ich war jetzt Pascals Sexsklavin. Nicht mehr, nicht weniger. Er wollte nur einen gefühllosen, schnellen Fick, und das anscheinend täglich. Meine Befriedigung schien dabei nicht wichtig zu sein. Aber ich hatte keine andere Wahl. Er hatte mich nun in der Hand und konnte mich mit unliebsamen Aufgaben in der Firma erpressen, wenn ich ihm nicht gehorchen wollte.

Am nächsten Tag war Bettina krank. Pascal nutzte die Gelegenheit schamlos aus. Ich suchte gerade eine Akte im Regal, als er ins Zimmer trat und die Tür hinter sich abschloss. Nicht jetzt, nicht hier, dachte ich noch. Doch schon saß Pascals kräftige Pranke auf meiner Pobacke. Die zweite folgte auf der anderen. Dann strich er links und rechts fest an meiner Hüfte und meiner Taille entlang nach oben bis zu meinen Busen, die er sofort stürmisch knetete. Dabei grub er sein Gesicht in meine Locken, atmete tief ein und hauchte: „Du riechst so gut!"

Ich glaubte, nicht richtig zu hören. Zum ersten Mal sagte er etwas Romantisches! Und dazu noch sein Körper so eng an meinem und seine stürmische Art! All das zusammen erregte mich wahnsinnig in diesem Moment.

„Wir müssen schnell machen, die anderen kommen gleich von der Pause zurück", flüsterte er mir schnaufend ins Ohr. „Bück dich über deinen Schreibtisch."

Ich drehte mich um und ging zu meinem Schreibtisch. Dort zog ich meinen Rock hoch und meine Feinstrumpfhose samt String-Tanga nach unten und streckte Pascal lüstern meinen blanken Po entgegen. Auf den war ich stolz, im Gegensatz zu meiner Nase.

„Du lernst schnell." Pascal kam näher und öffnete dabei seinen Hosenstall.

Ich konnte noch kurz einen Blick auf sein dickes Stück erhaschen, dann grub er es zwischen meine Schamlippen und zwängte es immer tiefer in meine Vagina. Dort verweilte er und vollzog nur kleine, kurze Stöße. Ich dankte es ihm, denn so konnten seine Hoden besonders intensiv gegen meinen Kitzler schlagen.

Diese Stimulation brachte mich um den Verstand. Ich biss mir auf die Zähne, um meine Erregung nicht laut heraus zu stöhnen.

Mit einem Male krallte Pascal seine Hände in meine Brüste und rammte seine Lanze so aggressiv in meine Muschi, dass ich meine Hände stärker auf meinem Schreibtisch abstützen musste, um nicht auf Bettinas Tisch zu landen. Dann fühlte ich sein heißes Ejakulat in mich laufen. Pascal langer Seufzer bewies mir, dass er befriedigt war. Er klatschte mir auf eine Pobacke und sagte: „Gut, gut. Und nun arbeiten Sie brav weiter, Frau Timmermann. Heute Abend um 18 Uhr geht`s weiter."

Schnell fingerte ich ein Taschentuch aus meiner Handtasche und wischte die bereits meine Beine herunterlaufende Samenflüssigkeit ab.

Pascal wartete an der Tür, bis ich wieder vollständig angekleidet war. Dann öffnete er sie und stieß auf dem Flur fast mit Udo zusammen. „Ah, Herr Dupont, hier sind Sie. Ich habe Sie gesucht. Ich habe eine wichtige Frage zum Fall Röderle."

„Kommen Sie mit in mein Büro."

Die Stimmen entfernten sich.

Ich saß an meinem Tisch, schüttelte meinen Lockenkopf und musste grinsen. Dass ich in meinem Leben einmal Bürosex haben würde, hätte ich nie gedacht. Auch nicht, dass ich jemals die Möglichkeit haben würde, den XXL-Schwanz eines Schwarzafrikaners ausprobieren zu können.

Inzwischen freute ich mich auf die vereinbarte Uhrzeit, denn Pascals rücksichtsloser Sex gefiel mir mehr und mehr. Er deckte eine Seite in mir auf, die ich vorher nicht gekannt hatte. Sex musste nicht immer gefühlvoll vonstattengehen, das war mir jetzt klar. Er konnte auch animalisch und achtlos sein, und trotzdem war es möglich, befriedigt zu werden.

An diesem Abend zwängte ich mich gern in mein neues Lackoutfit.

Lasziv lehnte ich am Schlafzimmertürrahmen als Pascal eintrat. Sein Atem ging schnell und hob seinen breiten Brustkorb sichtbar auf und ab. Ich hatte Lust auf ihn.

Auch an diesem Abend hielt Pascal sich nicht lange mit dem Vorspiel auf. „Aufs Bett", befahl er mir.

Natürlich parierte ich. Breitbeinig legte ich mich auf den Rücken.

Pascal gefiel die Pose nicht. „Nein, nicht so. Dreh dich auf den Bauch.

Ich tat es, aber Pascal war immer noch nicht zufrieden. „Nein, komm hoch." Er legte seine Hände um meine Taille und hob mich ein wenig hoch, bis ich auf allen Vieren stand. Dann ergriff er den Zipper des Bodys und zog ihn schwungvoll bis zu meinem Bauch auf. Rasch öffnete er seine Hose und holte seinen Schwanz heraus. Anschließend glitt er mit zwei Fingern durch meine feuchte Ritze und wischte meinen Saft zwischen meinen Pobacken ab.

„Beiß hier rauf." Pascal hielt mir meinen blauen Schal vor die Nase.

„Was hast du vor?", fragte ich verwirrt.

„Mach es einfach." Und schon fuhr er mit seinen Händen links und rechts unter den Body und an meinem Hintern entlang, um meine Pobacken mit seinen Handflächen auseinander zu ziehen. Noch ehe ich verstand, was er vorhatte, trieb er mit voller Wucht seine harte Stange in meinen After. Ein lautes Quieken ertönte aus meiner Kehle. Ich bin mir sicher, dass meine Nachbarn die Polizei gerufen hätten, wenn ich den Schal nicht im Mund gehabt hätte.

Pascal hielt kurz inne. „Ich weiß, dass es dir gefällt. Du machst es gut, meine kleine Nutte." Laut grunzend quälte er mich weiter.

Meine Schmerzen waren unbeschreiblich. Trotzdem genoss ich das noch nie erlebte Gefühl der sexuellen Unterwerfung. Sexuelle männliche Dominanz kannte ich nämlich bis dahin nicht, denn beim Geschlechtsverkehr mit meinem Mann gab meistens ich den Ton an.

In diesem Moment wurde mir bewusst, dass ich die Affäre mit Pascal um jeden Preis bis zum Ende seiner Vertretungszeit aufrechterhalten wollte.

„Du bist echt ein verdorbenes Luder, weißt du das?" fragte er mich, nachdem er fertig war, und steckte seinen Schwanz in seine Hose zurück.

„Du machst mich dazu", gab ich kühl zurück.

Ein breites, strahlweißes Grinsen erschien auf seinem schwarzen Gesicht. Offensichtlich gefiel ihm meine Aussage. „Du warst schon immer ein Luder, ich musste es nur aus dir herausficken." Arrogant nickte er mir zu.

Am nächsten Tag schmerzte mein Darmausgang, vor allem beim Sitzen, und ich betete, Bettina würde wieder da sein, damit mir der Sex im Büro für diesen Tag erspart blieb. Aber leider erhörte Gott mich nicht. Bettina war noch immer krank. Ich hoffte dann zumindest, Pascal würde mich nicht zu heftig drannehmen.

Bis zum Mittag lief ich ihm nicht über den Weg. Doch als ich von der Mittagspause zurückkam, saß er lässig auf meinem Bürostuhl.

„Schließ die Tür ab."

Das hätte ich auch ohne seinen Befehl getan. Ich war gespannt, was er heute geplant hatte. Meine Erregung stieg, trotz meines lädierten Afters.

Pascal holte seinen noch schlaffen Schwanz hervor.

Ich war überrascht, wie lang er bereits im nicht erigierten Zustand war. Bisher hatte ich ihn nur steif gesehen.

Entspannt schob Pascal mit einer Hand seine Vorhaut vor und zurück. „Heute braucht er eine Sonderbehandlung." Er zeigte mit der freien Hand auf sein schwarzes Stück. „Er wird schnell wieder schlapp."

„Was braucht er denn? Was soll ich tun?" Verloren stand ich im Raum. Ich war es mittlerweile gewohnt, Anweisungen von ihm zu bekommen.

„Pack deine Titten aus und komm her."

So schnell ich konnte knöpfte ich meine Bluse auf, legte sie auf meinen Schreibtisch und hockte mich zwischen seine Beine.

Pascal beugte sich nach vorn, grub seine Hände in meinen BH, holte meine Brüste hervor und knetete sie so unsanft durch, dass ich ein piepsiges „Aua" von mir gab.

„Du brauchst das", kam es von Pascal überzeugt zurück.

Als er meine Brüste los ließ und sich wieder zurücklehnte, konnte ich rote Striemen auf meinen Busen erkennen.

„Siehst du, er wird schon wieder schlapp", bemerkte Pascal.

Hatte ich etwas falsch gemacht? Oder hatte er das Interesse an mir verloren? Konnte ich ihn nicht mehr erregen, geschweige denn befriedigen?

Ich beugte mich nach vorn, nahm seinen Penis in meine Hände und begann die Vorhaut mit Druck vor- und zurückzuschieben.

Pascal schloss die Augen und legte seinen Kopf zurück. Ein gutes Zeichen für mich. Sein Glied wurde härter und ich schob es mir in den Mund.

Pascal seufzte.

Wenig später hatte ich es geschafft, seinen Schwanz steinhart zu lutschen.

Pascal hob den Kopf. „Zieh deinen BH aus und leg dich mit dem Rücken auf den Boden."

Als ich auf dem Fußboden lag, stellte er sich auf bauchhöhe breitbeinig über mich und massierte seine Latte weiter.

„Jaaa", stöhnte er ein paar Sekunden später. „Jetzt ist er soweit."
Pascal setzte sich breitbeinig über meinen Bauch und umfuhr mit seiner Eichel meine Brüste und kitzelte meine Nippel. Etwas Samenflüssigkeit floss bereits aus seinem Schwanz und lief zwischen meinen Busen herunter.

„Siehst du, jetzt will er dich."

Ich war erleichtert, dass zu hören.

Pascal drückte meine Brüste zusammen und schob seine Rute zwischen ihnen vor und zurück. Seine Latte war so lang, dass ich an seiner Eichel saugen konnte, sobald er seine Lanze durch meine Busen geschoben hatte. Er ließ mich jedes Mal einige Sekunden gewähren, bevor er sein Prachtstück wieder zurückzog.

Dann befahl er mir, mich an meinen Schreibtisch zu lehnen.

Kaum saß ich dort, packte er meine Brüste noch fester und peitschte seine Rakete immer wieder zwischen ihnen hindurch, bis er mir direkt ins Gesicht ejakulierte.

Lustvoll leckte ich das Sperma aus meinem Gesicht.

„Du hast echte Ficktitten. Gratuliere."

Ich war mir nicht sicher, ob ich da stolz drauf sein musste. Wenn Bettina nur wüsste, was in unserem Büro ablief. Ich mochte gar nicht daran denken.

Donnerstagabend war der letzte Abend, an dem Pascal zu mir kam. Ich wollte ihm unseren letzten Abend so schön wie möglich machen. Überall in der Wohnung stellte ich Teelichter auf und baute uns im Wohnzimmer aus Decken und Kissen ein Liebesnest. Ich war gespannt, wie Pascal darauf reagieren würde.

Pünktlich wie immer klingelte er. Ich drückte den Türöffner, ließ die Haustür leicht angelehnt und huschte schnell ins Wohnzimmer, um mich breitbeinig, mit im Schritt geöffnetem Body, ins Liebesnest zu legen. Um mich herum funkelten die Teelichter. Allein schon diese Atmosphäre brachte mich in Erregung.

Ich lauschte den Geräuschen im Flur und nahm war, wie Pascal die Tür zu machte, seine Schuhe auszog und sich dem Wohnzimmer näherte. Er blieb im Türrahmen stehen. Durch das Kerzenlicht wirkte seine Statur noch breiter und stämmiger. Ich wollte mehr denn je, dass er mich einfach nahm und durchvögelte.

„Komm und nimm mich", hauchte ich ihm entgegen.

„Du wirst immer besser. Was bist du doch für ein geiles Miststück."

Er kam mit zwei Tüchern in seinen Händen auf mich zu.

Was hatte er sich bloß für heute ausgedacht? Mir war alles recht. Hauptsache, er besorgte es mir anständig.

Pascal kniete sich zwischen meine Beine und lutschte ausgiebig an meiner Ritze, bevor er meine Handgelenke an die Sofabeine band. Nur noch ein paar Sekunden länger und seine wulstigen Lippen hätten mich bereits ins Delirium versetzt.

Da lag ich nun mit nach hinten ausgestreckten, festgebundenen Armen. Und das an meiner eigenen Couch!

Pascal stand zufrieden auf und betrachtete sein Werk. „Heute Nacht gehörst du mir und ich ficke dich, wann ich will." Er ging in den Flur, holte sich eine Zigarette und rauchte sie auf der Terrasse. Wenigstens den Anstand hatte er. Ich hoffte, er würde mich bald nehmen, denn ich hielt es kaum noch aus vor Erregtheit. Mein Saft lief bereits die Poritze hinunter.

Pascal kam ins Wohnzimmer zurück und legte seine komplette Kleidung ab. Sein nackter Körper konnte mit einer griechischen Statue getrost mithalten. Mein Blick wanderte von seiner durchtrainierten Brust über seinen Waschbrettbauch zu seinem steilaufgerichteten Penis.

Wie stark sehnte ich mich jetzt danach, seinen Schwanz in meine Hände zu nehmen, ihn an meinem Gesicht zu reiben und ihn zu lecken und zu lutschen. Aber ich war ja festgebunden.

„Fick mich jetzt, bitte!" Anders wusste ich mir nicht zu helfen.

Wortlos hockte er sich zwischen meine Beine und züngelte meinen Saft aus der Poritze. Dann richtete er sich wieder auf. „Deine Fotze kann es auch nicht mehr erwarten." Mit diesen Worten begann er, mich zu ficken. Meine Muschi hatte nicht mehr solche Schwierigkeiten seinen Schwanz aufzunehmen und seine Stöße stimulierten mehr als sie schmerzten. Ich fragte mich, ob ich bei Andreas jemals wieder einen Orgasmus haben würde.

Doch so geil ich auch war, Pascals Fick war einfach zu kurz. Er spritzte ab, noch bevor ich kommen konnte. Unbefriedigt ließ er mich angebunden liegen, stellte den Fernseher an und rauchte eine Zigarette. So viel zum Thema Anstand.

Ich spürte wie seine Samenflüssigkeit langsam aus mir herauslief und sich eine kleine Lache unter meinem Po bildete.

Im Fernsehen lief ein Nachrichtenmagazin. Ich schaute zwar hin, war aber überhaupt nicht bei der Sache. Ich wartete nur darauf, noch einmal von Pascal genommen zu werden.

Pascal schien die Sendung interessierter zu verfolgen. Zwischendurch aber bediente er sich sporadisch an mir. Mal rieb er an meinem Kitzler, mal züngelte er an meinen Nippeln, mal steckte er zwei Finger in mein Loch. Pascal ließ mich regelrecht aushungern. Bestimmt machte er das absichtlich so. Das schien seine Masche zu sein. Schnell selbst zum Orgasmus kommen und die Frau unbefriedigt zurücklassen, um sie immer geiler werden zu lassen, damit sie sich am Ende nach ihm verzehrte.

Und er schaffte es. Nach einer halben Stunde hielt ich es nicht mehr aus. „Fick mich nochmal durch. Bitte. Jetzt. Sofort", flehte ich ihn an.

„Er ist noch nicht hart", antwortete Pascal gelassen.

„Binde mich los, ich mache ihn dir hart."

„Du bleibst schön angebunden." Er hockte sich über meinen Kopf und ließ seine lange Nudel in mein Gesicht baumeln.

Gierig lechzte ich nach ihr und behielt die Eichel saugend in meinem Mund. Ich merkte wie sein Penis anschwoll und lutschte eifrig weiter.

„Willst du jetzt gefickt werden?", fragte Pascal wenig später.

„Jaaa", antwortete ich erleichtert.

„Ich bin mir nicht sicher. Ich glaube, du brauchst jetzt was anderes." Sofort fickte er meinen Mund und nahm keine Rücksicht auf meinen immer wiederkehrenden Würgereiz. Zum Glück kam bei seinem zweiten Orgasmus nicht mehr so viel Sperma heraus. Zügig schluckte ich es herunter.

Pascal legte sich wieder hinter mich aufs Sofa und zündete sich die nächste Zigarette an.

Ich war fix und fertig. Er hielt mich wie ein Hund. Außerdem musste ich pinkeln. Zwar kam ich mit einer vollen Blase immer schneller zum Höhepunkt, ich spürte ihn auch intensiver, aber an diesem Abend stand es ja in den Sternen, wann mich Pascal das nächste Mal in meine Muschi bumsen würde. Daher bat ich ihn, mich loszubinden, damit ich auf die Toilette gehen konnte.

„Halte es noch ein wenig an", war seine knappe Antwort.

Was blieb mir anderes übrig.

Eine halbe Stunde später gesellte sich Pascal wieder zu mir und strich mit einer Hand über mein Gesicht, meinen Hals und meine Busen, während er mit der anderen sein Glied massierte.

Ich musterte sein Gesicht. Mein Blick blieb an seinen Lippen hängen, und mit Erschrecken fiel mir auf, dass wir uns bis jetzt noch gar nicht geküsst hatten! „Küss mich", sagte ich daher ohne Umschweife.

„Nein, Nutten küsse ich nicht. Ich küsse nur meine Frau."

Das Wort Nutte traf mich härter als am Tag zuvor. „Ich bin keine Nutte. Ich bin verheiratet."

„Und gehst fremd. Deswegen bist du eine Nutte."

„Dann bist du auch eine, nur eine männliche."

„Männer müssen fremdgehen, das ist ein Urtrieb."

„Küss mich trotzdem." Verführerisch leckte ich mit meiner Zunge über meine dunkelrot geschminkten Lippen.

Pascals Augen folgten meinen Lippenbewegungen, dann stoppte er mit der Massage seines Glieds, beugte sich zu mir hinunter und legte seine warmen Lippen sanft auf meine. Jetzt hatte ich die Chance. Ich streckte meine Zunge heraus und züngelte seine Lippen entlang. Dann trafen sich unsere Zungen und eine wilde Knutscherei begann. Ich hatte das Gefühl, komplett in seinem Mund zu versinken. Doch dann hörte er plötzlich auf. „Genug jetzt. Wird Zeit, dass wir zum Abschluss kommen." Er nahm seinen halbsteifen Schwanz und legte ihn an meine Ritze. „Schließ die Beine."

Ich tat es und er rubbelte sein Glied solange zwischen meinen Beinen, bis es steif war.

Meine Blase drückte inzwischen so stark, dass ich es kaum noch anhalten konnte. „Ich muss jetzt wirklich aufs Klo", meldete ich mich.

Pascal drückte meine Beine wieder auseinander und befahl mir: „Piss meinen Schwanz an."

„Das kann ich nicht. Ich kann nicht mal vor meinem Mann pinkeln."

„Dir bleibt jetzt nichts anderes übrig. Entweder pinkelst du jetzt oder ich werde dich so hart vögeln, dass es von alleine herauskommen wird."

Ich versuchte, mich zu konzentrieren und zu pressen. Dann kamen die ersten Tropfen.

„Braves Mädchen. Weiter." Pascal streichelte meinen linken Oberschenkel.

Ich schloss meine Augen und versuchte mir vorzustellen, ich säße auf der Toilette, und es funktionierte. Meine Pipi kam erst zögernd, dann in einem festen Strahl heraus und zielte genau auf Pascals steifen Schwanz.

„So ist gut, weiter so", wiederholte er immer wieder, während ich pinkelte und er meinen Natursekt in seinen Penis einmassierte.

Ich war verwirrt, ich wusste nicht, wie ich das finden sollte. Einerseits erregte mich der Anblick meines Strahls auf seiner Lanze, andererseits widerte es mich aber auch an. Als ich fertig war, drang Pascal endlich in meine Vulva ein. Klatschend und schmatzend prallten unsere Becken immer wieder aufeinander. Das Geräusch war wahnsinnig stimulierend für mich, und es dauerte auch nicht lange bis ich zum Höhepunkt kam. Endlich wurde ich erlöst! Ich entlud meine aufgestaute Erregung mit einem gellenden Schrei. Sofort zog Pascal seinen Schwanz aus meiner Muschi und sagte: „Genug für heute." Dann band er mich los.

Wir sprachen kein Wort, als Pascal sich ankleidete. Er blickte mich auch kein einziges Mal an, auch nicht bevor er in den Flur ging, um sich die Schuhe anzuziehen. Er verabschiedete sich auch nicht, sondern schlug nur knallend die Haustür hinter sich zu. Ich war mir sicher, dass er ein schlechtes Gewissen wegen dieses Kusses hatte. Wie ironisch das doch war. Vögelt mich in alle Öffnungen und in allen Stellungen und macht sich Gedanken wegen eines lächerlichen Kusses. Irgendwie fand ich das süß. Pascal zeigte zum ersten Mal Schwäche. Seine Frau behandelte er mit Sicherheit ganz zärtlich. Davon war ich überzeugt.

Am Freitag war Bettina wieder da.

„Und? War es langweilig ohne mich?", war das erste, was sie mich fragte.

Beinahe hätte ich „Ganz und gar nicht" geantwortet und ihr alles von Pascal erzählt, aber ich hielt mich zurück und antworte stattdessen: „Weißt du doch, ist immer langweilig ohne dich."

Um elf Uhr hatten wir die Abschlussbesprechung mit Pascal. Er sprach über seine Eindrücke in unserer Firma und teilte uns mit, welche Verbesserungsvorschläge er an unseren Chef weitergeben würde. Hellhörig wurde ich bei seinen letzten Worten: „Um 15 Uhr werde ich Sie heute schon verlassen, mein Flieger nach Paris geht am späten Nachmittag. Ich bedanke mich bei Ihnen, dass Sie mich so gut aufgenommen und meinen Aufenthalt so angenehm wie möglich gemacht haben. Vielen Dank." Mich meinte er damit bestimmt besonders.

Alle klatschten. Ich nicht. Ich lachte nur leise.

Bettina stieß mich an: „Was ist? Warum lachst du so?"

„Ist schon gut."

„Du konntest ihn nicht leiden, was? So toll fand ich ihn aber auch nicht. Herr Tiede ist ganz klar der bessere Chef. Ich bin froh, dass er am Montag wieder da ist. Ich hoffe, er übernimmt nicht zu viele der Verbesserungsvorschläge."

Ich ließ Bettina in dem Glauben, dass ich Herrn Dupont nicht mochte. Es war besser so. Umso weniger würde sie mich mit ihm in Verbindung bringen.

Um zwölf Uhr klopfte ich an Pascals Bürotür und schob die Tür einen Spalt auf. Ich sah ihn an seinem Schreibtisch sitzen.

„Ja?" Pascal blickte auf.

„Kann ich reinkommen?"

Er nickte und winkte mich zu sich.

Ich warf einen Blick über meine Schulter. Alle Arbeitsplätze waren leer, da es Mittagspausenzeit war. Ich hoffte trotzdem, dass mich keiner gesehen hatte. Schnell schlüpfte ich durch den Türspalt, schloss die Tür und drehte das Schloss um.

„Warum schließt du ab?" Pascal wirkte genervt.

Ich antwortete nicht, sondern stöckelte verführerisch auf ihn zu und knöpfte dabei meine Bluse auf.

Pascal schaute mir verwirrt zu.

Als ich bei ihm angekommen war, ließ ich meine Bluse zu Boden gleiten und schwang ein Bein über seine Oberschenkel, um mich auf seinen Schoß zu setzen. Dann öffnete ich meinen BH und schleuderte ihn ab. Anschließend fummelte ich an Pascals Hosenöffnung, nahm seinen Schwanz heraus und massierte ihn kräftig. Pascal ließ alles mit sich geschehen.

„Du bist wirklich ein Drecksstück. Kannst wohl nicht genug bekommen, was?", fragte er mich provozierend und massierte unsanft meine Brüste. Mittlerweile gefielen mir seine unwirschen Berührungen.

„Ich wollte mich nur gebührend von dir verabschieden, Pascal." Seinen Namen betonte ich bewusst, da mir auffiel, dass ich ihn zum ersten Mal mit seinem Vornamen ansprach. Dann stand ich halb auf, um seinen Penis in meine Vagina zu manövrieren.

Gerade in dem Moment, als ich anfing, Pascal zu reiten und er seine Zunge nach meiner Brustwarze ausstreckte, klingelte das Telefon.

Pascal nahm tatsächlich ab. Ich war perplex.

„Bonjour Henry!" prustete er in den Hörer.

Ich hielt in meinen Reitbewegungen inne und blieb mit seinem Schwanz in mir auf ihm sitzen. Doch Pascal deutete mit seiner freien

Hand an, dass ich weitermachen soll, fasste dann unter meinen Po und hob ihn an.

Langsam begann ich wieder, mich auf und ab zu bewegen. Pascal brabbelte derweil fröhlich auf Französisch weiter. Ich verstand kein Wort. Ab und zu lachte er. Dann hörte ich ihn meinen Nachnamen sagen, auch wenn er ihn sehr französisch aussprach. Ungläubig schaute ich ihn an.

Pascal bemerkte meinen erstaunten Gesichtsausdruck. „Ein guter Freund, dem kann ich alles erzählen", rechtfertigte er sich. Kurz darauf verabschiedete er sich von Henry und wandte sich an mich: „Ich muss in zehn Minuten zu Frau Schirmer, meine Schlüssel abgeben. Also, beeil dich." Dabei klatschte er mir hörbar auf beide Pobacken.

Ich ritt schneller. Es fiel mir nicht schwer, bei so einer dicken Latte zum Orgasmus zu kommen. Die Stimulation meiner Scheidenwand war schlicht umwerfend. Ich spürte seinen Schwanz wahnsinnig intensiv. Spontan quetschte ich meine Lippen auf Pascals, um ein lautes Stöhnen zu unterdrücken. Ich wunderte mich, dass er meinen Kuss erlaubte und war angenehm überrascht, als seine Zunge hervorgeschossen kam und gierig nach meiner suchte. Vielleicht lag es daran, dass er in höchster Ekstase war und sich deshalb nicht mehr unter Kontrolle hatte, denn er kam kurz nach mir zum Orgasmus.

Keine zwei Sekunden später schmiss Pascal mich buchstäblich von sich ab. Es quoll noch ein Rest Sperma aus seiner Eichel. Ohne es abzuwischen, steckte er seinen Schwanz wieder in die Unterhose und knöpfte seine Hose zu. „Ich hab` noch ein paar andere wichtige Sachen zu erledigen. Bitte verlass jetzt mein Büro." Er klang ungehalten.

Ärgerte er sich etwa wieder über den Kuss oder warum war er so ätzend? Ich erwartete zwar keinen gefühlvollen Abschied, schließlich hatten wir nur eine sexuelle und dazu noch kühle Beziehung gehabt. Aber ein so gleichgültiges Auseinandergehen fand ich schier unmöglich. Daher sagte ich zu ihm: „Dann…, dann wünsche ich dir einen guten Flug." Ich drehte mich zum Gehen um. Verdient hatte er meinen Wunsch ganz bestimmt nicht! Aber ich hatte das Bedürfnis, noch irgendetwas Nettes zu sagen, damit wir nicht so kalt auseinander gingen.

„Den werde ich bestimmt haben. Ach, fast hätte ich es vergessen. Ich habe mit Herrn Tiede telefoniert und von deinen Vorzügen berichtet."

Was hatte er? Erschrocken drehte ich mich um. Pascal hatte doch nicht etwa Herrn Tiede von unserer Affäre erzählt? Panik stieg in mir hoch.

Pascal sah meinen fassungslosen Gesichtsausdruck und lachte herzhaft. „Keine Angst, ich habe nichts von uns erzählt. Es ging lediglich um deine arbeitstechnischen Leistungen in der Firma. Ich habe dich gelobt und mit ihm ein höheres Gehalt für dich besprochen. Willst du die Höhe jetzt wissen oder dich überraschen lassen?"

Ich war entsetzt anstatt erfreut. „Sag es", zischte ich ihm bissig zu.

„500 Euro!"

Mir blieb fast der Atem stehen. Das war absolut die Krönung! „Du bist echt ein Drecksschwein. Ich bin doch nicht deine Nutte gewesen!" Ich stampfte Richtung Tür.

„Und ich dachte, du würdest dich freuen!", rief er mir wirklich verwundert hinterher.

Schwungvoll knallte ich die Tür hinter mir zu und lehnte mich mit dem Rücken dagegen. Zum Glück waren meine Kollegen noch nicht von der Mittagspause zurück. Mein Körper bebte. Sollte Pascal hier noch einmal die Vertretung machen, würde ich mich für die komplette Zeit krankschreiben lassen, das schwor ich mir!

Ich zupfte meine Kleidung und Haare in Form und marschierte erhobenen Hauptes den Flur zu meinem und Tinas Büro entlang. Auf nichts freute ich mich sehnlichster, als meinen zärtlichen Mann an diesem Abend wieder in meine Arme schließen zu dürfen.

2. Der letzte Saunagang

Es kam nicht oft vor, dass ich in die Sauna ging. Und wenn, dann wählte ich einen Abend unter der Woche, wenn es nicht so voll war. Ich ging gerne allein, um mich vollends entspannen zu können. Meine Frau konnte ich nach 20 Ehejahren immer noch nicht überreden, mal mitzukommen. Es lag nicht am Saunabaden, sie genierte sich einfach, sich vor anderen Menschen nackt zu zeigen. Und so ging ich auch an diesem Montagabend wieder allein in meine Stammsauna.

Es waren nur wenige Gäste anwesend. Zwei junge Freundinnen fielen mir besonders auf. Sie waren vielleicht Mitte zwanzig. Die eine blond und blauäugig, die andere brünette mit braunen Augen. Während die Blondine eher kleine Brüste und einen knackigen Po hatte, war die Brünette üppiger bestückt, ein richtiges sogenanntes Vollweib. Ich bemühte mich stets, die Frauen in der Sauna nicht zu auffällig zu mustern, aber bei diesen beiden fiel es mir wirklich schwer. Daher passte ich meine Saunagänge bewusst so ab, dass ich nicht zur gleichen Zeit mit ihnen in der Sauna saß. Bei meinem letzten Saunagang klappte das allerdings nicht.

Meine Saunaabende ließ ich immer in der 40 Grad warmen Lichtsauna ausklingen. Hier konnte man es getrost länger aushalten, wie in einer Badewanne aus warmer Luft. Wechselndes farbiges Licht soll sich positiv auf den Körper auswirken, und die ruhige klassische Musik ließ mich meistens etwas einschlummern.

Etwa zehn Minuten später wurde die Tür mit einem Rumps geöffnet. Es waren die beiden Frauen. Sie kamen herein und breiteten ihre Handtücher auf der gegenüberliegenden Seite aus.

Ich schloss meine Augen wieder, um der sanften Musik zu lauschen.

Kurze Zeit später vernahm ich ein schmatzendes Geräusch. Automatisch drehte ich meinen Kopf zu den beiden herum und sah sie ungeniert knutschten.

Das hatte mir noch gefehlt! Ich stand nicht besonders auf Intimitäten zwischen gleichen Geschlechtern und überlegte kurz, ob ich meinen letzten Saunagang verkürzen oder mich, so gut es ging, nicht stören lassen sollte. Ich entschied mich fürs Bleiben und versuchte, mich wieder zu entspannen. Es gelang mir aber nicht. Intuitiv musste ich den Geräuschen lauschen, die von der gegenüberliegenden Seite kamen.

Irgendwann siegte meine Neugier. So unauffällig wie möglich schielte ich hinüber und traute meinen Augen nicht! Die Blondine lag neben ihrer Freundin und war gerade dabei, sie am ganzen Körper zu streicheln und an ihren Brustwarzen zu saugen!

Das ging zu weit! Das war Nötigung! Ich konnte entfernt nachvollziehen, dass es die beiden antörnte, wenn sie bei ihren Sexspielchen beobachtet wurden, aber dann sollten sie doch bitte in einen Swingerclub gehen! Ich war so empört, dass ich nicht merkte, wie mein Glied langsam einen steifen Zustand erreichte.

Nun schob die Blonde sogar zwei Finger in die Scheide ihrer Freundin! Ich war wie versteinert. Träumte ich etwa? Warum stand ich nicht einfach auf und ging?

Es war meine sexuelle Lust, die mich festhielt und die ich gelernt hatte zu unterdrücken, seit es mit meiner Frau im Bett nicht mehr so lief. Ich konnte froh sein, wenn sie mich überhaupt mal ran ließ. Bordelle und Prostituierte waren keine Lösung für mich, ebenso wenig eine Liebhaberin. Ich wollte nicht untreu werden. So blieb mir nur meine Hand.

Und nun kam diese aufgestaute Lust mit voller Wucht wieder hoch. Ich wusste nicht, wohin damit.

Mittlerweile saßen die beiden Mädchen aufrecht und befummelten sich gegenseitig. Immer wieder schauten sie dreist zu mir herüber.

Jetzt erst bemerkte ich mein steifes Glied. War mir das vielleicht peinlich! Schnell deckte ich es mit meinem Handtuch ab und wollte gerade aufstehen, um zu flüchten, da sprach mich die Blondine an: „Das muss dir nicht peinlich sein. Komm rüber zu uns."

Was sollte ich machen? Ich fragte mich ernsthaft, ob ich tatsächlich eingeschlummert war und einfach nur träumte? Denn im realen Leben würden solch hübsche junge Frauen sicherlich nicht auf so einen alten Knacker wie mich stehen. Ich war nämlich bereits 53 Jahre alt und konnte keinen durchtrainierten Körper mehr vorweisen, und mein kleiner vorgewölbter Bauch wirkte auch nicht gerade attraktiv.

„Komm schon. Wir sind die letzten Gäste. Keiner wird uns stören." Die Blonde meinte es wirklich ernst.

Langsam tapste ich in gebückter Haltung zu den beiden hinüber und wirkte etwas unbeholfen, als ich mich neben sie setzte. Ich war froh, dass die beiden den Anfang machten. Die Blondine streichelte meinen Oberkörper, während die Brünette meinen Schwanz massierte. Wie lange war es her, seit meine Frau das letzte Mal meinen Schwanz berührt hatte! Ich schloss die Augen, um zu genießen, obwohl mir der Anblick der beiden Nackten ebenso gefiel.

Als die Brünette mein bestes Stück in den Mund nahm und die Blondine meine Nippel mit ihrer Zunge liebkoste, bekam ich überall Gänsehaut.

„Bist du bereit?", fragte mich die Brünette dann.

Ich öffnete die Augen und wusste nicht, was sie meinte. Meinetwegen hätte sie mich bis zum Orgasmus oral befriedigen können. Das hätte mir gereicht. Aber mich erwartete noch mehr. Die Brünette drehte sich nämlich um und streckte mir ihren breiten Hintern entgegen. Hieß es, dass ich sie nun begatten durfte? Ich war immer noch unsicher. Aber wie sollte es sonst gemeint sein?

„Nimm sie", flüsterte mir die Blondine erotisch ins Ohr. „Sie wartet auf dich."

Ich hockte mich auf die Knie, streichelte mit meinen Handflächen über ihren fülligen Po und fuhr mit meinem Daumen vorsichtig ihren nassen Schlitz entlang. Sie war also tatsächlich bereit für mich. Ich setzte meine Eichel an ihre Schamlippen und schob meinen Penis soweit es ging in ihre warme Vagina. Ebenso langsam zog ich ihn wieder heraus. Ich wollte dieses seit langem vermisste Gefühl so intensiv wie möglich spüren. Dann beschleunigte ich meine Stöße. Die Brünette fing zu stöhnen an.

„Das machst du gut. So gefällt ihr das", hauchte die Blondine in mein Ohr. Sie erhob sich und stellte sich breitbeinig und gebückt über den Rücken ihrer Freundin, so dass ich direkt auf ihre Rosette und feuchte Möse blicken konnte.

„Leck mich", raunte sie mir zu.

Im Rhythmus meiner Stöße leckte ich daraufhin ihre Ritze.

Ich kam mir wie in einem Pornofilm vor. Aber war das nicht der Traum eines jeden Mannes?

Gern hätte ich die Muschi der Blondine auch gevögelt. Aber ich war noch nicht mutig genug, es einfach zu tun. Vielleicht würde ich sie dann verärgern? Daher fragte ich sie höflich: „Kann ich dich auch bumsen?"

„Frag nicht, tu es einfach", gab sie forsch zurück.

Nun war das Eis für mich gebrochen. Ich zog mein Glied aus der Vagina der Brünetten und steckte es ein paar Zentimeter darüber in die Vagina der Blondine. Nun vögelte ich abwechselnd mal die eine, mal die andere Möse. Wenn ich gerade die Brünette bumste, züngelte ich leidenschaftlich am Spalt der Blondine herum. Es war wie im Paradies.

„Fick sie zu Ende. Sie kommt gleich." Mit dem Satz löste sich die Blondine aus ihrer Stellung und legte sich breitbeinig vor ihre Freundin. Die Brünette begann sofort mit kräftigen, ja, fast beißenden Kieferbewegungen die Vagina der Blonden zu bearbeiten und gab gleichzeitig meine Stöße an sie weiter.

Das war also der Grund für den Stellungswechsel der Blondine gewesen, ich hatte sie wohl zu soft geleckt. Ihre Freundin wusste scheinbar genau, in welcher Stärke sie es brauchte.

Ich stieß nun heftiger in die Brünette, damit die Blonde es noch heftiger abbekam. Der Anblick machte mich verdammt scharf und ich konnte meinen Orgasmus nicht mehr zurückhalten, ich war aus der Übung. Ich ließ ihm freien Lauf und beschleunigte meinen Stoßrhythmus. Dann ließ ich mich keuchend zurücksinken.

„Gut gemacht." Die Brünette drehte ihren Kopf zu mir um. „Komm und hilf mir, Sabine zu befriedigen."

Eigentlich war ich total ausgelaugt und hätte mich einfach nur gern hingelegt. Aber das fand ich unfair. So setzte ich mich neben die Blondine und nuckelte an ihren Brustwarzen, während die Brünette ausgelassen am Kitzler ihrer Freundin lutschte und zwei Finger in ihr Loch gleiten ließ.

„Du musst ein bisschen an den Brustwarzen knabbern und beißen. Sie mag es etwas schmerzvoller. Trau dich", spornte mich die Brünette an.

Daraufhin legte ich meine letzte Kraft in die Liebkosung ihrer Nippel. Ich sog, leckte und knabberte so stark ich konnte. Dass ich es richtig machte, kommentierte Sabine selber: „So ist gut. Ja, doller, beiß sie. Ja."

Und schon hatte ich erneut einen Ständer.

Der stöhnende und weit geöffnete Mund von Sabine lud meine Manneskraft nur so ein. Diesmal traute ich mich. Ohne Ankündigung schob ich meine Latte in ihren Mund. Sofort wurde er von Sabines Zunge umschlungen. Das war das Zeichen für mich, dass es in Ordnung war.

Die Brünette hatte zwischenzeitlich meine Aufgabe übernommen und zwirbelte Sabines Nippel mit den Fingern ihrer linken Hand. Mit dem Daumen ihrer rechten Hand rieb sie Sabines Kitzler, während sie zwei Finger derselben Hand immer wieder so kräftig in Sabines Loch rammte, dass es ein lautes matschendes Geräusch gab.

Unerwartet stoppte sie und wandte sich an mich: „Ich kann nicht mehr. Fick du sie weiter, aber mit deinem Schwanz. Denk dran, sie braucht es knallhart."

Ich war mir nicht sicher, ob ich noch so viel Kraft hatte. Ich war ja nicht mehr der Jüngste, aber ich nahm mir vor, mein Bestes zu geben.

Zuerst fickte ich Sabine in Missionarsstellung, konnte aber nicht mehr die nötige Wucht und Schnelligkeit aufbringen. Dann probierten wir es in der Hündchenstellung. Glücklicherweise war sie nicht so schwer gebaut wie die Brünette. Ich war erleichtert, wie leicht sich ihr Becken in meinen Händen vor und zurückschieben ließ. So brauchte ich nicht so viel Kraft aus meinen Lenden zu nehmen.

Die Brünette saugte währenddessen an Sabines Brustwarzen.

Dann kam Sabine zum Höhepunkt. Sie bewegte ihr Becken so schwungvoll, dass es mich fast zurückwarf. Ich hielt mich mit einer Hand an der Wand fest und ließ Sabine die restlichen Stöße übernehmen. Anschließend legte sie sich erschöpft auf den Bauch. Die Brünette streichelte ihr beruhigend den Rücken, während sie mit mir sprach: „Du hast es echt drauf. Nicht schlecht. Hast du morgen nochmal Lust?"

Meine Frau drängte sich in meine Gedanken. Ich war fremdgegangen und dann sollte ich es morgen gleich nochmal tun? Das konnte ich nicht mit meinem Gewissen vereinbaren und so antwortete ich: „Tut mir leid, morgen bin ich nicht hier."

„Nicht hier. Im Stadthotel."

„Stadthotel?"

„Ja, wir machen hier ein paar Tage Urlaub und wohnen im Stadthotel. Übrigens haben wir da die Zimmernummer 21."

„Ich überleg`s mir." Verdammt! Hatte ich das wirklich gesagt? Natürlich werde ich nicht kommen, ging es mir durch den Kopf.

Als ob die Brünette meine Gedanken lesen konnte, sagte sie: „Ich wette, du kommst. Du bist förmlich ausgehungert, so wie ich dich heute erlebt habe." Sie zwinkerte mir zu.

Hatte man mir das tatsächlich angemerkt?

„Ich bin übrigens Tabea. Und du?"

Ihren Namen wollte ich eigentlich nicht auch noch wissen. Es reichte schon, dass ich wusste, dass die Blonde Sabine heißt. „Meinen Namen möchte ich nicht so gern preisgeben", antwortete ich ehrlich.

„Verstehe. Dann bist du halt Mr. Stecher für uns." Sie zwinkerte nochmal.

Ich blickte zu Boden. Mr. Stecher. Wenn das meine Frau hätte hören können! „Ich muss jetzt los. Also, tschüss", verabschiedete ich mich schnell.

„Bis morgen!", sang Tabea mir noch hinterher.

Ich ging geradewegs zur Umkleidekabine und duschte ausgiebig. Am liebsten wäre ich vom Wasser aufgelöst und durch den Abfluss in die Kanalisation gespült worden, so ein schlechtes Gewissen hatte ich. Es blieb mir aber nichts anderes übrig, ich musste nach Hause gehen und meiner Frau in die Augen sehen.

Völlig in Gedanken versunken trat ich aus dem Saunagebäude und wurde von Sabine und Tabea abgefangen. Angezogen sahen die beiden auch nicht schlecht aus. Zwei junge, attraktive Damen.

Tabea hielt mir einen Zettel hin. „Hier die Adresse von unserem Hotel und nochmal unsere Zimmernummer. Klopf einfach. Sagen wir so gegen 19 Uhr?" Sie neigte ihren Kopf zur Seite und lächelte mich an.

Ich hörte mich selbst, wie von einer fremden Macht getrieben, sagen: „Geht klar!" Dann flüchtete ich zu meinem Auto.

„Hallo Bärchen, wie war die Sauna?" Natürlich musste diese Frage von Anette, meiner Frau, kommen. Sie lag mit einem Buch auf dem Sofa und schaute auf, als ich ins Wohnzimmer kam.

„Och, wie immer. Sehr ruhig." Ich konnte ihr dabei nicht in die Augen sehen.

„Hast du Petra wieder getroffen?"

„Was? Wen?"

„Meine ehemalige Arbeitskollegin. Die hattest du doch da mal getroffen. Die soll dir doch angeblich ganz ungeniert auf dein bestes Stück geschaut haben. Und am nächsten Tag hatte sie doch zu mir gesagt: „Da können Sie sich aber glücklich schätzen, ihr Mann ist ja wirklich gut bestückt." Ich war total sprachlos."

„Das ist doch schon ach wie lange her. Ich kann mich kaum noch an diese Petra erinnern."

„Die ist doch mit ihrem Mann immer in so einen, na, wie sagt man, Swingerclub gegangen. Da treiben sie es doch wild durcheinander, wie die Tiere. Pfui."

Dann bin ich ab heute ja auch ein Tier, hätte ich ihr am liebsten entgegnet. Stattdessen sagte ich: „Lass sie doch, wenn`s ihnen Spaß bringt." Mich nervte Anettes Verklemmtheit.

„Petra wollte ja, dass wir mal mitkommen. Die wollte bestimmt nur nochmal deine Flöte sehen." Anette kicherte.

„Vielleicht konnte sie ja gut Flöte spielen." Ich lachte über meinen spontanen Witz.

Anette fand es gar nicht lustig. „Wo du schon wieder hindenkst!"

„Es gibt Frauen, die befriedigen ihre Männer gern oral, falls du das noch nicht gehört haben solltest."

„Was soll das denn schon wieder? Soll das wieder eine Anspielung sein? Du hast ja nie gefragt!"

„Hätte ich etwa fragen sollen: „Schatz, bläst du mir jetzt einen?" Und dann hättest du mir einen geblasen? Das glaubst du doch wohl selbst nicht!" Ich war sauer und mein schlechtes Gewissen war mit einem Male verschwunden. Ich ging in mein Arbeitszimmer und knallte die Tür hinter mir zu. Immer das gleiche Thema mit Anette. Das ging nun schon Jahrzehnte so. Allerdings hatten wir auch nie wirklich über unsere sexuellen Wünsche gesprochen. Jeder erwartete, dass der andere wusste, was man brauchte. Aber Fehlanzeige, denn unsere Generation wurde größtenteils so aufgezogen, dass man mit seinem Partner nicht über sexuelle Wünsche sprach. Das schien irgendwie ein unausgesprochenes Tabu zu sein.

Ich knipste den PC an und suchte im Internet nach dem Standort des Hotels. Es lag circa 20 Minuten mit dem Auto von unserer Wohnung entfernt. Ich würde dort hinfahren, dass stand jetzt für mich fest. Die Frage war nur, welche Ausrede ich Anette auftischen sollte. Die Antwort gab mir prompt ein Flyer, der auf dem Poststapel thronte: „Kunstaustellung im Heimatmuseum." Perfekt!

Am nächsten Morgen beim Frühstück teilte ich Anette mein Vorhaben mit: „Robert und ich gehen heute Abend zu einer Kunstaustellung im Heimatmuseum."

„Seit wann interessiert du dich denn für Kunst?"

„Robert hatte mich gefragt. Wir gehen danach noch etwas trinken."

„Gute Idee! Wenn es euch nichts ausmacht, würde ich gern mitkommen! In die Bar könnt ihr anschließend ja allein gehen."

Mist, nun saß ich in der Falle. Mein schauspielerisches Talent war nicht das Beste, um jetzt plötzlich glaubhaft einen ausgedachten vergessenen Termin aus dem Ärmel zaubern zu können. Ich war auch nicht gut darin, mir einen Grund aus den Fingern zu saugen, warum sie nicht mitkommen konnte. Also sagte ich: „Klar, kannst du mitkommen! Ich rufe dich nochmal von der Firma aus an, um dir mitzuteilen, wann wir uns vor dem Museum treffen. Robert und ich waren uns da noch nicht so einig. Es kommt darauf an, wann wir es schaffen, Feierabend zu machen."

„Ach, du kommst vorher nicht nach Hause, um die frisch zu machen?"

„Nein, ich fahre direkt zum Museum. Wir treffen uns dann da."

Den ganzen Tag auf der Arbeit grübelte ich, was für einen nicht existierenden Termin ich dazwischen kommen lassen konnte.

Zum Feierabend rief ich Anette an: „Anette, Schatz, wir machen heute eine außerplanmäßige Besprechung wegen der Wirtschaftskrise. Das ist wichtig. Es wird lange gehen. Das wird heute nichts mit der Kunstaustellung. Robert habe ich schon abgesagt."

„Schade. Aber hattet ihr nicht letzte Woche schon eine Besprechung wegen der Wirtschaftskrise?"

„Es gibt wichtige Neuigkeiten diesbezüglich."

Voller Vorfreude fuhr ich gegen 19 Uhr zum Stadthotel. Die Vorstellung von der nackten Sabine und Tabea ließ meinen Schwanz schon im Auto anschwellen.

Schnurstracks steuerte ich auf die Hotelrezeption zu. „Zimmernummer 21, wo finde ich die?" Ich kam mir wie in einem Edelbordell vor. Jedenfalls stellte ich es mir so vor.

„Ihren Personalausweis bitte."

„Personalausweis? Wozu brauchen Sie den denn?"

„Ich nehme nur ihre Daten auf. Wir möchten immer gern wissen, wer hier ein und ausgeht. Nur zur Sicherheit."

Ich gab dem Empfangsmitarbeiter widerwillig meinen Ausweis.

Tabea und Sabine öffneten mir nackt die Tür.

„Da bist du ja endlich!" Sabine begann sofort mein Hemd Stück für Stück aufzuknöpfen, während Tabea außerhalb der Hose nach meinem Schwanz tastete. Als sie mein festes Glied fühlte, sagte sie: „Oh, Sabine, er wartet schon auf uns." Sie öffnete meine Hose und zog meinen Penis heraus. „Dann wollen wir deinen besten Freund mal glücklich machen, oder?" Tabea schaute mir verschwörerisch in die Augen und begann, meine Latte mit einer Hand zu massieren. „Ja, so mag er es." Tabea schien von ihren Massagekünsten überzeugt zu sein. „Mag er auch das?" Sie blickte mir tief in die Augen, als sie in die Hocke ging und mein Glied in ihrem Mund verschwinden ließ.

Ich antwortete nicht, ich genoss es einfach.

Plötzlich sprang Tabea wie von einer Tarantel gestochen aufs Bett, spreizte ihre Schenkel und zog ihre Schamlippen mit ihren Fingern auseinander. Saft lief aus ihrem Loch. „Komm, meine Mumu lechzt schon nach dir." Sie warf ihren Kopf zurück, rieb an ihrem Kitzler und stöhnte auf.

„Nun lass ihn doch erst mal ankommen", warf Sabine dazwischen. Und zu mir sagte sie kopfschüttelnd: „Manchmal kann es ihr gar nicht schnell genug gehen. Das ist ihr südländisches Temperament." Dann kniete sie sich vor mich und lutschte meine Rute so heftig, wie sie es selbst gern mochte. Mir war es aber etwas zu grob. „Ui, vorsichtig", meldete ich mich und drückte ihren Kopf leicht zurück.

„Tabea, wir haben hier einen Softie. Auch mal nett." Sabine lutschte meinem Penis daraufhin etwas sanfter. So war es genau richtig für mich.

„Nun kommt schon aufs Bett." Tabea klopfte neben sich auf die Bettdecke. Ihre gespreizten Beine und ihre üppigen Busen zogen mich wie ein Magnet an. Ich krabbelte aufs Bett, beugte mich über Tabea und kitzelte mit meiner Zungenspitze abwechselnd ihre Nippel. „Tatsächlich ein Softie. Aber schööön." Tabea ließ sich zurücksinken und ich nahm mir ihren Kitzler vor. Vorsichtig stülpte ich die kleine Vorhaut zurück, denn Tabea war wirklich sehr fleischig unten rum, und züngelte zärtlich an ihrer dicken Kirsche.

Tabea stieß einen kurzen Schrei aus.

Dann leckte ich an ihren wulstigen Schamlippen und zog sie leicht auseinander, um meine Zunge in ihre Muschi schieben zu können.

Sabine setzte sich hinter mich und nuckelte an meinem Hoden. Ein erfrischendes Gefühl!

„Steck deinen Schwanz rein, jetzt, sofort", forderte Tabea mich dann stöhnend auf.

„Tabeaaa, entspann dich", versuchte Sabine Tabea zu beruhigen.

Mich störte Tabeas Ungeduld aber absolut nicht. Ganz im Gegenteil, ich freute mich, dass es so schnell zur Sache ging. Und so steckte ich geradewegs meine Lanze in Tabeas Vulva.

„Schneller, fick mich schneller", rief Tabea immer wieder. Dabei rammelte ich, meiner Meinung nach, schon wie ein Karnickel.

Sabine erlöste mich. Sie zog mich am Becken zurück, drückte mich in die Laken und massierte abwechselnd mit ihren Händen und ihrem Mund meinen steinharten Knüppel. Dass er in meinem Alter noch so beachtlich steil stehen konnte, überraschte mich. Es musste an meiner extremen Erregtheit gelegen haben.

Sabine setzte sich nun mit ihrem nassen Loch gezielt auf meinen Speer. Sie ließ ihn in sich kreisen und bewegte sich nur gelegentlich auf und ab. Es war sehr stimulierend, so wie sie es machte.

„Du kannst ruhig etwas heftiger, wenn du möchtest", spornte ich Sabine trotzdem an.

Das Wörtchen „etwas" hatte sie wohl überhört. Wie besessen hüpfte sie auf einmal auf mir herum. Ich versuchte, sie etwas zu bremsen, in dem ich sie mit Daumen und Zeigefinger an ihren Brustwarzen festhielt. Aber ich hatte vergessen, dass sie darauf ja besonders stand, und so ritt sie mich noch ungestümer.

Währenddessen hockte sich Tabea hinter Sabine und leckte Sabines herauslaufenden Saft an meinen Eiern ab.

Ich war froh, als Sabine endlich zum Orgasmus kam, ihr Ritt war mir etwas zu hart gewesen. Sie stieg von mir herunter. Dann ging es mit Tabea weiter. Tabea ritt mich nicht so heftig. Ihr war es wichtiger, meinen Schwanz so tief und lange wie möglich in sich zu haben. „Ich will ihn ganz spüren, verstehst du?", rechtfertigte sie sich atemlos und mit halbgeschlossenen Lidern, als sie meine Lanze erneut langsam in sich hineingleiten ließ.

„Ich will dich auch ganz spüren", flüsterte ich in voller Ekstase zurück. Meine Augen waren vor Lust wie benebelt, nur verschwommen konnte ich Tabeas dicken Busen sehen. Ich griff nach ihnen und streichelte sie zärtlich.

Sabine kam aus dem Bad zurück und störte Tabeas und meine intensive Zweisamkeit mit dem Ausruf: „Nächste Runde!"

Ich hoffte, sie würde Tabea nicht wegschupsen und mich wieder reiten wollen. Aber ich hatte Glück. Sie hockte sich nur breitbeinig über mein Gesicht und sagte nüchtern: „Du musst meine süße Muschi wieder nass kriegen."

Daraufhin streichelte ich ihren knackigen Po mit beiden Händen und zog ihr Becken dichter an meinen Mund herunter, damit ich ihre Ritze besser lecken konnte.

„Ja, saug und knabbere an meiner kleinen Muschi, das mag sie besonders gern", hörte ich Sabine stöhnend flüstern.

Ich tat, wie mir befohlen. Auf Sabine musste man keine Rücksicht nehmen, sie konnte es nicht hart und rücksichtslos genug bekommen. Allerdings fand ich solche Frauen zu anstrengend. Lieber waren mir solche wie Tabea. Leidenschaftlich und gefühlvoll.

Sabine nahm meine Hand und führte sie an ihren Schlitz. „Sie ist wieder feucht. Verwöhne sie mit deinen Fingern", befahl sie mir als nächstes.

Daraufhin presste ich zwei Finger in ihre Schlucht.

Sabine umfasste meine Hand erneut und drückte meine Finger noch tiefer in ihre Grotte. Nebenbei züngelte ich an ihrem Kitzler.

Doch es war Tabea, die mich verrückt machte. Sie hatte es drauf. Mit ihren Beckenbewegungen massierte sie meinen Schwanz so stark, dass ich mich nicht länger beherrschen konnte. Ich drängte Sabine zur Seite, um mich komplett auf Tabea konzentrieren zu können. Verlangend streckte ich meine Hände nach ihren Brüsten aus.

Tabea lehnte sich etwas nach vorn, damit ich an ihren Brustwarzen lecken konnte. Dann beugte sie sich noch weiter hinunter, so dass ihre großen Brüste links und rechts von meinem Kopf baumelten. Es machte mich richtig scharf, ihre Busen so dicht an meinen Wangen zu spüren.

Tabea richtete sich wieder etwas auf und ich drückte ihre Brüste so zusammen, dass ihre Nippel fast nebeneinander lagen und ich sie beinahe gleichzeitig züngeln konnte. Anschließend konzentrierte ich mich auf meinen Schwanz. Jedes Mal, wenn Tabea meine Latte in ihrer Muschi versinken ließ, drückte ich mein Becken nach oben gegen ihren Hintern, um tiefer in sie eindringen zu können. Bei Tabeas Aufwärtsbewegung zog ich mein Becken zurück ins Laken, um anschließend wieder voll und ganz in sie eindringen zu können. Erst passte ich mich Tabeas Tempo an, dann beschleunigte ich, Tabea stieg darauf ein. Mit schnellen, aber tiefen Stößen kamen wir beide zusammen zum Orgasmus. Tabea kreischte, ich stöhnte. So einen intensiven Höhepunkt hatte ich schon eine gefühlte Ewigkeit nicht mehr erlebt.

„Schade, dass wir morgen schon abreisen. Noch ein drittes Mal mit dir wäre nicht schlecht". Tabea schaute mich verschmitzt an und streichelte meinen Oberarm. Wir standen an der Tür. Ich war bereits wieder angezogen und bereit zum Gehen.

Sabine hatte sich schon von mir verabschiedet und duschte gerade.

„Ihr beide seit wohl nicht satt zu bekommen, was?", fragte ich eher rhetorisch.

„Naheln", antwortete Tabea wie ein unartiges Mädchen, „schon gar nicht bei so einem wie dir. Männer mit Erfahrung sind immer besser."

Das schmeichelte mir. Dass ich aber schon seit Jahren völlig aus der Übung war, schienen sie nicht gemerkt zu haben. „Ich wünsche euch morgen eine gute Heimreise", verabschiedete ich mich.

Tabea kniff mir in den Po und zwinkerte mir ein letztes Mal zu, dann verließ ich das Zimmer.

Als ich nach Hause kam, war es bereits nach zehn Uhr. Ich war froh, dass meine Frau schon schlief. So musste ich ihr nicht von der angeblichen Besprechung berichten.

Am nächsten Morgen stand ich vor Anette auf. Doch so einfach konnte ich mich nicht aus dem Schlafzimmer schleichen. „Das ist aber spät geworden gestern. Scheint ja wirklich schlimm zu sein mit der Wirtschaftskrise", murmelte Anette mit geschlossenen Augen in meine Richtung.

„Ja, leider, ist alles nicht so rosig im Moment." Ich gab ihr einen Kuss auf die Wange und verließ das Schlafzimmer.

Der Arbeitstag verlief ohne erwähnenswerte Vorkommnisse. Ich hatte viel zu tun. Trotzdem flackerte die Erinnerung an die letzten beiden Abende zwischendurch immer wieder auf. Ich wollte die sexuellen Erlebnisse zwar nicht ungeschehen machen, allerdings wollte ich mich gedanklich so wenig wie möglich damit beschäftigen, denn mein schlechtes Gewissen begann sich allmählich wieder einzuschalten.

Am Ende des Arbeitstages war ich müde und freute mich darauf, mich zu Hause aufs Sofa legen zu können.

Daraus wurde aber nichts, denn als ich die Haustür aufschloss, wurde ich angenehm überrascht. Anette empfing mich in voller Dessous-Montur. Der Anblick haute mich fast um. Meine Frau trug einen rot-schwarzen Spitzen-Push-Up-BH, der ihre Brüste in eine volle, runde Form brachte, und einen rot-schwarzen Straps-Gürtel, der so hoch geschnitten war, dass ihr kleines Bäuchlein geglättet wurde. Die dazu passenden roten Straps-Feinstrümpfe ließen ihre Beine straff und schlank aussehen. Ihre Füße steckten in schwarzen Pumps.

„Wow", platzte es aus mir heraus. Vergessen waren die beiden jungen Hüpfer Sabine und Tabea. Mein Blick wanderte wieder hoch zu ihrem Gesicht, das von ihren offenen blonden Haaren umspielt wurde.

„Ich dachte, ich tue dir heute mal wieder etwas Gutes", lächelte Anette mich an. Sie zog mein Sakko aus und gab mir einen Kuss.

Was war bloß in sie gefahren? Hatte ihr unsere letzte Unterhaltung etwa zu denken gegeben? Hatte sie meine Anspielung auf das Blasen etwa verstanden?

„Komm mit in die Küche, ich möchte es da mit dir treiben." Anette packte mich am Arm und führte mich in unsere Küche.

Der Küchentisch war bereits leergeräumt. Anette schwang ihren Hintern darauf und zog mich zu sich. Sie sah genauso sexy aus wie bei unserem ersten Mal. Natürlich war sie viel älter geworden. Ihre Haut war nicht mehr ganz so faltenlos. Aber für ihr Alter konnte sie sich durchaus noch nackt sehen lassen. Mir jedenfalls gefiel sie noch immer.

Als sich unsere Zungen nach so langer Zeit berührten, explodierte ein Feuerwerk in mir, und meine Finger glühten nur so, als ich über ihre Haut fuhr. Ich begann, leicht zu zittern.

„Was ist denn los mit dir?", fragte Anette mich.

„Ich, ich, es ist so schön mit dir. Lass uns jetzt nicht reden."

Eilig knöpfte Anette mein Hemd auf und strich es mir herunter. Ich spürte ihre Finger und Nägel so intensiv auf meiner Brust, dass ich es kaum aushalten konnte. Ich zog Anette daher noch enger an mich heran, küsste ihren Hals und strich ihr über den Rücken. Ich schaffte es, ihren BH zu öffnen, schleuderte ihn auf den Boden und streichelte zärtlich ihre Brüste. Ihre Nippel waren schon angeschwollen. Liebevoll nuckelte ich an Ihnen.

Anette unterbrach mich und öffnete meine Hose. Sie rutschte vom Tisch, holte meinen steifes Glied hervor und massierte es kurz, bevor sie sich hinhockte und es in ihren Mund einführte. Lustvoll lutschte sie an meinem Schwanz und hörte gar nicht mehr auf. Sie hatte sich meine Aussage bezüglich des Blasens wahrscheinlich tatsächlich zu Herzen genommen.

„Schatz, du brauchst mir keinen zu blasen. Ich möchte richtig mit dir schlafen", unterbrach ich Anette.

Sie erhob sich und ich packte sie unter ihrem Po, um sie wieder auf den Tisch zu setzen. Erst jetzt bemerkte ich, dass Anette unter dem breiten Straps-Gürtel gar keinen Slip trug. Unser Küchentisch hatte schon einige Tropfen ihres Saftes abbekommen.

Ich begann, mit meinen Fingern Anettes Kitzler zu reiben und sie bedankte sich mit einem tiefen Seufzer. Dann legte sie sich zurück und schob ihr Becken weiter zur Tischkante. Ich drückte ihre Schenkel etwas weiter auseinander und drang in sie ein.

Es fühlte sich wunderbar an, endlich mal wieder so tief in meiner Frau zu sein und ihre Scheide an meinem Penis zu spüren!

Langsam setzte ich mein Becken in Bewegung und streichelte ihre Vagina mit meiner Latte ganz sanft von innen.

Anettes Stöhnen wurde lauter.

Ich hob sie vom Tisch und Anette schlang ihre Beine um meine Taille. Sie wippte ihr Becken in meinen Händen und ich half mit ihnen nach, um das Federn zu verstärken. Dabei kitzelten Anettes hüpfende Brustwarzen an meinem Hals. Ich fand es herrlich, sie so eng bei mir zu haben! Die Kraft in meinen Armen ließ allerdings schnell nach und ich setzte mich auf einen Küchenstuhl, um Anette auf mir reiten zu lassen. Ich wusste, dass sie nie leicht zum Orgasmus kam, doch wenn sie auf mir ritt, konnte sie den Rhythmus und den Eindringwinkel selbst bestimmen, dann fiel es ihr leichter zu kommen. Diesen Gefallen wollte ich ihr heute tun und sie damit für ihren Dessous-Auftritt belohnen.

Um Anette noch zusätzlich zum Höhepunkt zu verhelfen, saugte ich nun stärker an ihren Knospen. Dabei merkte ich, wie ihre Möse enger wurde. Ich wusste, Anettes Anspannung würde sich gleich entladen.

Und so war es auch. Anette ritt schneller und hielt sich dabei an der Stuhllehne fest. Dann kamen wir zusammen. Beide stießen wir immer wieder ein „Ja, Ja, Ja" aus und sackten anschließend erschöpft zusammen. Unsere schweißnasse Haut klebte aneinander. Zärtlich strich Anette mir durchs Haar und küsste meinen Hals. Dann flüsterte sie mir ins Ohr: „Ich weiß nicht, warum wir es nicht öfter tun. Aber diesmal hat mich wohl meine Eifersucht aus der Reserve gelockt und meinen Kampfgeist geschürt. Schließlich bist du mein Mann. Ich möchte dich doch behalten."

„Aber du brauchst doch nicht eifersüchtig zu sein! Es gibt doch keinen Grund dafür!", rief ich unschuldig und leicht verwundert.

„Mach mir nichts vor, Wolfgang. Ich weiß von deiner gestrigen Abtrünnigkeit. Marias Sohn arbeitet an der Rezeption vom Stadthotel."

Der Satz traf mich wie ein Schlag. Am liebsten hätte ich mich in Luft aufgelöst. Mein Kopf wurde heiß, Angst stieg in mir hoch, und Verwirrtheit. Warum hatte Anette mich nicht wie eine Furie beschimpft? Das hätte ich eher erwartet.

„Ich erkläre es dir", sprudelte es aus mir heraus.

„Lass es gut sein. Erspare mir die Details. Deine Gründe sind doch offensichtlich. Lass uns in Zukunft daran arbeiten, dass so etwas nicht wieder vorkommt." Anette küsste mich noch einmal leidenschaftlich. Dann stieg sie von mir ab.

Ich war fassungslos. Mit dieser Reaktion hätte ich niemals gerechnet, denn so verständnisvoll hätte ich Anette in so einer Situation nicht eingeschätzt. Nie im Leben! Und das nach 20 Ehejahren! Mir wurde schlagartig bewusst, dass man seinen Partner vermutlich auch dann noch nicht hundertprozentig kannte.

Auf alle Fälle durfte ich eine so verständnisvolle Frau wie Anette nicht verlieren, soviel stand fest, denn mein schlechtes Gewissen hatte sich dank ihr in Luft aufgelöst.

3. Die entjungferte Cousine

Lea war 18 Jahre alt, stand kurz vor ihrem Abitur und hatte bisher noch keinerlei sexuelle Erfahrungen gemacht. Mal abgesehen von zwei flüchtigen Küssen auf den Mund in der Grundschulzeit, wo man anfing, spielerisch das andere Geschlecht zu erkennen, und natürlich ihrem ersten richtigen Kuss, den sie auf einer Klassenreise eher unfreiwillig bekam. Diese Unerfahrenheit lag nicht zuletzt an ihrer konservativen, katholischen Erziehung. In ihrer Familie wurde nicht über Dinge gesprochen, die unter die Gürtellinie gingen. Es gab noch nicht einmal schlüpfrige Witze bei Geburtstagsfeiern. Vor den Mahlzeiten wurde ein Tischgebet gesprochen, und an Sonntagen war es für Lea Pflicht, mit ihrer Familie in die Kirche zu gehen. Lea war so aufgewachsen, sie kannte es nicht anders.

Dass das Leben jedoch anders sein konnte, bekam sie regelmäßig durch ihre Freundinnen und Schulkameradinnen mit. Ungeniert berichteten sie über ihre sexuellen Erfahrungen. Sowieso ging es bei ihnen nur um Jungs, wie sie den und den am besten kennenlernen konnten, was der und der gesagt hatte, welche Pannen im Bett passiert waren und wie die besten Stücke der Jungs aussahen. Lea konnte da nicht mitreden. Nicht, dass sie sich nicht für das andere Geschlecht interessierte. Es gab schon hier und da einen Jungen, den sie mochte. Aber sie war einfach zu schüchtern. Heutzutage ging es nur darum, so schnell wie möglich mit einem Jungen Sex zu haben. Das war Lea zuwider. Sie wollte sich erst verlieben und alles langsam angehen. Dazu waren die meisten Jungs aber nicht zu gebrauchen. Und wenn es nach ihren Eltern ging, sollte der erste Geschlechtsakt sowieso erst nach der Hochzeit stattfinden. Zwar hatten sie es nie offen gesagt, aber Lea wusste es.

Lea freute sich wahnsinnig auf das kommende Wochenende. Ihre Tante feierte ihren Geburtstag jedes Jahr mit einem großen Gartenfest und lud alle ein, die sie kannte. Und das waren nicht wenige, denn Tante Magda war eine offene und fröhliche Person und überhaupt nicht religiös. Auch Tante Magdas Mann, Onkel Gerd, nicht. Onkel Geld war der Bruder von Leas Mutter. Im Alter von 25 Jahren hatte er seinen Eltern erklärt, dass er Atheist werden wolle. Fünf Jahre hatte Leas Familie ihrem Onkel dann den Rücken gekehrt, doch nach klärenden Gesprächen wurde es schließlich akzeptiert.

Da Lea, ihre Eltern, Klaus und Brigitte, und ihre beiden Brüder, Tim und Stefan, in der Nähe von Ingolstadt wohnten und Leas Tante und Onkel in Frankfurt, entschieden sie sich jedes Jahr, in dem großen Haus von Magda und Gerd zu übernachten.

Sie fuhren schon am Freitag nach der Schule los. Die Feier war zwar erst am Samstag, aber beide Familien sahen sich nur einmal im Jahr und fanden für ein Wiedersehen einen Tag zu kurz.

Lea liebte diesen alljährlichen Wochenendausflug zu ihrer Tante und ihrem Onkel. Es ging so herrlich locker dort zu, und es wurde nicht über Kirche, die Bibel und Gott geredet. Außerdem würde sie dieses Jahr ihren Cousin Nico endlich wiedersehen. Er hatte die letzten drei Jahre in den U.S.A. studiert und war nun wieder zurück.

Tante Magda hatte sich verändert. Ihre schulterlangen Haare hatte sie sich zu einem kessen Kurzhaarschnitt abschneiden lassen. Sie sah jünger aus. Mit weitgeöffneten Armen begrüßte sie Leas Familie.

Lea fühlte sich sofort von Tante Magdas aufgeweckter Art angesteckt und spürte wie diese immer auf ihr lastende Ernsthaftigkeit von ihr abfiel.

„Nico", flötete Tante Magda die Treppe hinauf. „Komm runter, unsere Gäste begrüßen!"

Man hörte ein genervtes „Ja" vom oberen Stockwerk herunterwehen.

Tante Magda schüttelte den Kopf. „Drei Jahre aus dem Haus und schon keine Manieren mehr. Kommt rein." Tante Magda lächelte fröhlich. In dem Moment kam Nico die Treppe herunter getrabt. Er sah verdammt gut aus, wie ein typischer amerikanischer Surfer, und so männlich. Nicht so bubenhaft wie Leas Schulkameraden.

Nico umarmte nacheinander alle Familienmitglieder. Als er bei Lea angelangt war, machte er ihr ein Kompliment: „Und das ist mein kleines Cousinchen? Wow! Du bist ja eine richtig hübsche, junge Lady geworden!"

Lea stieg die Röte ins Gesicht, ihre Wangen wurden heiß.

Tante Magda rettete die Situation: „Da Nico wieder da ist, sind in der obigen Einliegerwohnung nur noch zwei Zimmer frei. Ich dachte, dass Lea in dem einem Zimmer schläft und Tim und Stefan in dem anderen, wenn es für Euch in Ordnung geht?" Sie musterte Leas Eltern. „Brigitte und Klaus, ihr schlaft in unserem Gästezimmer hier unten. Die andere Einliegerwohnung wird von meiner Schwester und ihrer Familie belegt."

Alle waren einverstanden.

Nico half Lea und den Jungs, das Gepäck nach oben zu tragen und zeigte Leas Brüdern ihr Zimmer.

„Cool, ohne Mama und Papa!" Sofort sprangen sie auf dem Doppelbett herum.

„Stopp! Jungs! Hier habe ich aber das sagen", ermahnte Nico die beiden mit gespielter Autorität.

Tim und Stefan hörten auf zu springen und verzogen die Gesichter.

Die traurige Mimik machte Nico weich: „Naja, ein bisschen hüpfen dürft ihr schon noch."

Sofort grinsten die beiden wieder.

Nico ließ sie allein und schloss die Tür hinter sich. Dann zeigte er Lea ihr Zimmer, welches direkt neben seinem lag. „Und hier ist deins." Er stellte ihre Reisetasche ans Bettende.

Lea konnte ihm nicht in die Augen schauen. Sie nickte nur schüchtern.

„Hey Lea, ich bin`s, common!" Nico breitete seine Arme weit aus, schüttelte anschließend Leas Schultern und ging dann etwas in die Knie, um ihren auf den Boden gerichteten Blick einzufangen.

„Ja doch!", maulte Lea. Unsicher schaute sie Nico in die Augen.

„Ich meinte das vorhin ernst mit der hübschen Lady. Die Männer rennen dir bestimmt die Bude ein, oder?"

Da sprach er genau das richtige Thema an. Lea zuckte mit den Schultern.

„Ich hab's ja gesagt, die scheiß Religion bringt dich noch um." Nico ließ von ihr ab. „Komm runter, gleich gibt's lecker Braten."

Tante Magda und Leas Mutter standen in der Küche und bereiteten das Abendessen zu, und Tim und Stefan tobten gerade im Wohnzimmer um Onkel Gerd und Leas Vater herum, als sich Lea und Nico zu ihnen gesellten.

„Nico, erzähl doch mal, wie war es im Land der unbegrenzten Möglichkeiten?" Leas Vater war neugierig.

Nico begann zu erzählen und Lea hing gespannt an seinen Lippen. Sie musterte sein Gesicht, seine Mimik, seine Gestik. Ihr gefiel einfach alles an ihm. Besonders seine Augen hatten es ihr angetan. Sie strahlten so schön, als er von den Ereignissen an der amerikanischen Uni sprach, während seine gepflegten Hände dabei wild gestikulierten. Lea malte sich aus, wie es sich anfühlen könnte, wenn diese Hände ihr Gesicht berühren würden.

„Lea! Lea?"

Sie wurde aus ihrem Tagtraum zurückgeholt.

„Nico hat dich gefragt, was für Leistungskurse du hast", klärte ihr Vater sie auf.

„Ähm, Biologie und Mathe."

„Mathe!" Das fand Nico bemerkenswert. „Schön und intelligent."

„Ja, Lea wird der weibliche Einstein", fügte Leas Vater hinzu.

Alle lachten.

Dann gab es Abendessen. Dazu wurde Wein getrunken, was sich Leas Eltern nur bei Magda und Gerd erlaubten. Dementsprechend schnell waren sie auch angeschwipst.

Nico wandte sich an Lea: „Hast du Lust, oben an meinem PC, ein paar Fotos aus Amerika anzugucken?"

Lea hatte Lust.

Nebeneinander saßen sie vor dem Computer und Nico erzählte zu jedem Foto eine spezielle Geschichte. Für Lea klang alles wie aus einer anderen Welt.

Um 21 Uhr klopfte Leas Mutter an die Tür. „Ich bringe jetzt die Burschen ins Bett. Könnt ihr bitte darauf achten, dass sie hier oben nicht herumalbern?"

„Machen wir", antwortete Nico. Er wirkte so verantwortungsbewusst. Lea mochte das.

Sie hörten, wie Leas Mutter mit den Jungs ein Gute-Nacht-Gebet sprach.

„Macht sie das mit dir auch noch?" fragte Nico.

„Nein, ich bin jetzt durchaus alt genug, um auch allein beten zu können", antwortete Lea spitz.

„Und? Bringt das was?"

„Bestimmt." Lea wusste, dass auch Nico nichts von Religion hielt.

„Soll ich uns heimlich einen Whiskey machen?

„Ich mag so ein Zeug nicht."

„Mit Cola gemischt schmeckt es aber ganz gut."

Lea wollte nicht prüde wirken und gab ihr OK.

Nico verließ das Zimmer und kam kurze Zeit später kam mit zwei gefüllten Gläsern zurück.

„Haben sie was gemerkt?"

„Ne, die sind so mit sich beschäftigt, die haben mich nicht mal in die Küche gehen sehen. Prost, Lea." Er erhob sein Glas und blickte Lea so seltsam in die Augen.

„Prost." Lea schlug ihr Glas an Nicos. Dann nahm sie einen Schluck und verzog das Gesicht. „Puh, da hast du aber ganz schön viel Whiskey reingemacht."

„Überhaupt nicht!" Er legte zwei Finger an sein Glas und zeigte ihr wie viel Whiskey er genommen hatte.

Lea neckte ihn: „Bei dir vielleicht."

Dann schauten sie sich noch einige Fotos an, bis Nico anfing, Lea auszufragen. Er wollte wissen, wie die Schule läuft und was sie so in ihrer Freizeit macht.

Lea mochte es nicht, wenn sie so viel von sich erzählen musste und gab daher nur knappe Antworten.

„Hast du grad einen Freund?", fragte Nico dann plötzlich.

Lea schüttelte den Kopf und antwortete: „In meinem Alter sind die alle zu kindisch."

„Ich kann dir aus Erfahrung sagen, dass auch Männer mit 27 Jahren nicht reifer sind." Damit sprach Nico von sich selbst, denn er war vor wenigen Monaten 27 Jahre alt geworden.

Das sah Lea aber anders: „Ich finde schon, dass du im Vergleich zu meinen Schulkameraden reifer wirkst."

„Oh, danke! Meine Cousine steht auf reife Männer! Das lass mal deine Mutter nicht hören!"

Lea wurde wieder rot.

„Hey, das muss dir nicht peinlich sein." Nico wollte ihr die Scham nehmen. „Ich hab`s ja gesagt, eure Religion macht alles kaputt."

„Wie kaputt? Wie meinst du das?" Lea verstand nicht, was er damit sagen wollte.

„Naja, weißt du, eine Beziehung, wie soll ich sagen, zwischen Geschlechtern, also Sex und was dazu gehört, das ist normal und natürlich. Nur bei euch nicht, weil ihr streng religiös seid."

„Also, so schlimm finde ich das gar nicht."

„Und warum wirst du dann rot?"

Lea fühlte sich eingeengt. „Ich glaube, ich gehe jetzt ins Bett und sehe noch mal nach Tim und Stefan."

Sie wollte gerade aufstehen, da hielt Nico sie am Arm fest. „Lea, ich wollte dich nicht verschrecken. Bitte bleib noch, wir haben uns so lange nicht gesehen." Er blickte ihr fest in die Augen.

Lea bekam Gänsehaut, und als sich Nicos Gesicht ihrem näherte, war sie wie gelähmt. Zärtlich legte er seine Lippen auf ihre und wartete kurz ab, ob sie zurückweichen würde. Aber Lea blieb wie versteinert sitzen. Nico setzte seine Zunge in Bewegung und ließ sie vorsichtig über Leas Lippen gleiten. Sie protestierte immer noch nicht. Langsam schob er seine Zunge in ihren warmen Mund und versuchte, mit ihrer Zunge zu spielen. Nur zögernd bewegte Lea sie, dann wurde sie mutiger und ging auf sein Zungenspiel ein. Die Gefühle, die Lea dabei durchfluteten, waren gänzlich neu für sie. Alles kribbelte, auch der Bereich zwischen ihren Beinen.

Nico und Lea waren so mit sich beschäftigt, dass sie die Schritte auf der Treppe nicht hörten. Erst das Klopfen an Nicos Zimmertür ließ sie auseinander schrecken.

„Ja?", fragte Nico gefasst.

Dann trat Leas Mutter ins Zimmer. „Wir gehen jetzt alle schlafen, es ist ja schon ein Uhr. Morgen wird`s noch lang genug werden. Ähm, vielleicht solltet ihr jetzt auch schlafen gehen."

„Machen wir", versprach Nico.

Leas Mutter schloss die Tür wieder.

Nico und Lea sahen sich an.

Lea hielt es nicht länger aus. Sie waren viel zu weit gegangen. Lea sprang auf und ging zur Tür. Das ist mein Cousin, das ist Inzest, spulte es sich immer wieder in ihrem Kopf ab. Sie blickte sich flüchtig zu Nico um und sagte: „Gute Nacht." Dann verschwand sie, ohne eine Antwort von ihm abzuwarten, aus seinem Zimmer und machte sich sofort bettfertig. Bevor sie sich hinlegte sprach sie noch ein Gebet und bat Gott um Vergebung, dass sie ihren Cousin geküsst hatte. Doch sie konnte nicht einschlafen. Ihre Gedanken kreisten um diesen einen Kuss. Immer noch spürte sie Nicos Lippen, seine Zunge und dieses Kribbeln zwischen ihren Beinen. Reflexartig berührte Lea ihre Schamlippen. Sie waren fester als sonst. Und ihre Ritze war feucht. Sie nahm sich ein Taschentuch, um den Ausfluss wegzuwischen. Dann klopfte es plötzlich an der Tür und sie hörte ein gedämpftes „Lea." Das war Nico! Was wollte er? Was sollte sie tun? Sich schlafend stellen? Ihn etwa hereinlassen? Lea stieg aus dem Bett und ging zur Tür. „Was willst du?"

„Kann ich reinkommen?"

Lea wusste nicht, was sie antworten sollte. Sie konnte nicht klar denken, der Whiskey hinderte sie daran. Sie öffnete die Tür einen Spalt und erkannte Nicos Silhouette. „Was ist denn los?" fragte sie.

„Ich muss dir was sagen."

„Kannst du das nicht hier an der Tür?"

„Nein, das dauert zu lange."

„Also, wenn es so lange dauert, würde ich es gern auf morgen verschieben. Ich bin müde." Sie wollte die Tür schließen, aber Nico ließ nicht locker. „Lea", flüsterte er etwas lauter. „Bitte!"

Lea zögerte drei Sekunden, dann öffnete sie die Tür etwas weiter. Nico huschte an ihr vorbei ins Zimmer. Im Halbdunkeln konnte sie erkennen, dass er sich ans Bettende setzte. Sie blieb stehen.

„Setz dich neben mich, Lea." Nico legte seine Hand auf den Platz neben sich.

„Ich kann dich nicht wieder küssen, Nico, wir sind Cousin und Cousine! Ist dir das überhaupt klar?", flüsterte sie so laut es ging.

„Du kannst mir glauben, Lea, auch wenn ich nicht religiös bin, das geht auch gegen meine Prinzipien!"

„Was willst du dann?"

„Bitte setz dich."

Vorsichtig setzte sich sie neben Nico. Ihr Nachthemd rutschte dabei über ihre Knie, so dass Nico den unteren Teil ihrer Oberschenkel sehen konnte. Er musste jetzt genau überlegen, welche Worte er wählen sollte. Ein „Ich finde dich scharf" kam bei Lea bestimmt nicht gut an. Daher drückte er sich anders aus: „Lea, ich bin total bezaubert von dir."

Für Lea war dieser Satz wie ein Schlag in die Magengrube. Alles drehte sich. „Nein, nein, nein, nein", sagte sie immer wieder kopfschüttelnd, bis Nico ihren Kopf mit beiden Händen festhielt. Sie schaute ihm in die Augen, dann auf seinen Mund. Und schon drückte Nico seine Lippen auf ihre. Lea wehrte sich nicht. Ganz im Gegenteil. Ihre Zunge schnellte hervor und suchte seine. Er gab sie ihr.

Der Zungenkuss wurde immer fordernder und Nico verlagerte sein Gewicht etwas nach vorn, so dass Lea mit ihrem Rücken aufs Bett sank. Nico lag nun über ihr und sie knutschten weiter.

Wie sollte er bloß weitermachen? Nico dürstete danach, ihre nackte Haut zu berühren, doch das würde Lea sicherlich verschrecken. Er musste es behutsam angehen. So löste er seine Lippen vorsichtig von ihren und küsste zärtlich ihren Hals entlang.

Lea war wie in Trance, sie atmete schnell und wusste nicht, was mit ihrem Körper geschah.

Nico traute sich immer mehr. Langsam fasste er unter ihr Nachthemd, was bereits bis zum Bauchnabel hochgerutscht war. Sanft strich er mit seiner Hand über ihren Bauch und tastete sich Stück für Stück zu ihren Busen hoch. Als er mit seiner Hand eine Brustwarze berührte, erschrak Lea. Sie hielt ihren Atem an, öffnete die Augen und drückte Nico von sich herunter. Dann setzte sie sich auf. „Bitte geh jetzt Nico. Das geht zu weit."

„Wir haben schon gesündigt. Es ist jetzt eh zu spät."

„Mach dich nicht über meine Religion lustig."

„Ich mache mich verdammt noch mal nicht über dich lustig!"

„Sei nicht so laut! Ich will nicht, dass die anderen uns hören!"

„Lass mich dich noch einmal küssen. Du willst es doch auch, Lea. Ich merke das doch. Schalte deine Bedenken und Wertvorstellungen einfach mal aus."

Zum ersten Mal zweifelte Lea bewusst an ihrer Religion. Schon öfter hatte sie sich unbewusst gefragt, warum einiges so sein musste, wie es die Religion vorgab. Andere lebten doch ohne der ihr bekannten Richtlinien genauso gut.

Für Nico völlig überraschend, küsste Lea ihn nun spontan auf den Mund und drängte ihre Zunge wieder zwischen seine Lippen. Leas Küsse wirkten zwar etwas unerfahren und kindlich, aber das störte Nico nicht weiter. Eher fühlte er sich noch mehr angespornt, sie zu verführen. Er glitt mit seiner Hand wieder unter ihr Nachthemd und streichelte ihren Rücken. Er konnte Leas Gänsehaut spüren. Um sie nicht wieder zu verschrecken, ließ er ab und zu seinen Daumen zufällig seitlich an ihrer Brust entlang gleiten, jedes Mal ein Stückchen dichter an ihre Brustwarze heran. Dann endlich ertastete er eine zarte, kleine Knospe, die schon ein wenig hart war.

Lea gab ein kurzes, leises, aber lustvolles Stöhnen von sich, schloss ihre Augen und legte sich von allein wieder zurück aufs Bett. Das war eine Aufforderung für Nico, sie weiter zu liebkosen. Er küsste ihren Bauch und Lea kicherte leicht.

Nun wollte er es wagen. Er schob ihr Nachthemd so hoch, bis er ihre Brüste sehen konnte. Sie waren klein, vielleicht Körbchengröße A, schätzte Nico, aber er stand auf kleine Brüste, die in seine Hand passten. Es hatte etwas Unschuldiges, worauf Nico besonders stand.

In Amerika hatte er zwei Studentinnen entjungfert. Die eine hatte sich ihre Brüste vergrößern lassen, was Nico gar nicht gefiel, ihre kleinen Busen gefielen im weitaus besser, aber sie glaubte ihm nicht, für ihre Entjungferung wollte sie perfekt für ihn aussehen. Die andere, Jessica, war nach dem dritten Sex mit ihm so richtig sexbesessen geworden. Das wurde Nico zu anstrengend. Er wollte der Eroberer bleiben und beendete deshalb die Beziehung.

Ganz sachte berührte Nico mit seiner Zungenspitze nun Leas kleine Brustwarze. Leas Körper zuckte kurz, dann blickte sie erschrocken zu Nico auf. „Nicht deine Zunge an meinen Brüsten, Nico."

„Warum nicht? Sie sind so wunderschön."

„Ich will das nicht, es gehört sich nicht. Hand ist OK, aber Mund... Das ist was für Babys."

Nico konnte nicht anders, er musste kurz auflachen. „Lea, das ist Sex!"

„Dann will ich Sex nicht." Lea versuchte sich aufzubäumen.

Nico blieb aber über ihr. „Du willst es nicht, weil du so ein Gefühl nicht kennst. Es ist ungewohnt für dich. Es raubt dir die Sinne, nicht wahr?"

Lea antwortete nicht.

„Wenn es sich gut anfühlt, ist alles völlig in Ordnung so. Lass es doch einfach geschehen." Er beugte sich wieder zu ihr hinunter und begann ihren Hals zu küssen. Doch Nico spürte den Druck von Leas Händen an seiner Brust. „OK Lea, ich küsse deine Brüste nicht, versprochen. Ich berühre sie nur mit meiner Hand."

Das schien Lea hören zu wollen. Sie schloss die Augen und entspannte sich wieder.

Nico hob ihr Nachthemd erneut an und strich mit einem Finger behutsam über ihre linke Brustwarze. Dann befeuchtete er schnell seinen rechten Zeige- und Mittelfinger, damit er besser über ihre Knospen glitschen konnte.

Leas Becken wölbte sich leicht nach oben, doch dann stockte sie plötzlich wieder. Nicos Erregung wurde nochmals auf die Probe gestellt.

„Warum ist meine Brust nass, Nico?"

„Ich schwitze nur ein wenig. Mach dir keine Gedanken." Nico konzentrierte sich weiter auf ihre Brüste. Er wusste aus Erfahrung, dass die Liebkosung der Brustwarzen jede Frau früher oder später in Ekstase bringen würde. Da wollte er Lea haben.

Und es gefiel Lea. Manchmal streckte sie ihr Becken soweit nach oben, dass Nico ihren Venushügel an seinem festen Glied spüren konnte. Das törnte Nico unglaublich an, doch er musste sich zurückhalten. Er konnte seiner Lust keinen freien Lauf lassen. Er musste auf Lea Rücksicht nehmen.

Nico liebte unerfahrene Frauen, doch zwischendurch brauchte er auch mal eine richtige Drecksau, der alles recht war, mit der er alles machen und bei der er sich gehen lassen konnte. Solche Frauen schleppte er dann in speziellen Clubs ab, die für ihre willigen weiblichen Gäste bekannt waren. Solche Clubs gab es überall. Hier in Frankfurt genauso wie in Amerika.

Nico konnte trotzdem nicht anders. Er züngelte ganz vorsichtig an einer harten Knospe und versuchte, so gut es ging, seine Fingerbewegung mit seiner Zunge nachzuahmen, damit es Lea nicht auffiel.

Lea fiel es nicht auf. Es erregte sie nur noch mehr. Ihr Schambereich pochte und glühte. Sie wollte, dass es aufhörte. Außerdem fühlte sich ihr Schlüpfer klitschnass an. Machte Nico da unten was? Sie schaute besorgt auf ihre Unterhose.

Was hatte sie denn jetzt schon wieder? Nico war genervt. Sie stellte sich ja noch prüder an als die Amerikanerinnen! „Was ist?" Er klang ungehalten.

„Was machst du da zwischen meinen Beinen?"

„Gar nichts!"

„Es ist total heiß und nass da, und es pocht!"

„Das passiert, weil du erregt bist. Völlig OK."

Nico war überrascht. War sie noch nie erregt gewesen? Hatte sie das nie von anderen gehört oder im Sexualkundeunterricht gelernt? Im Fernsehen konnte sie es nicht gesehen haben, ihre Eltern hatten keinen. Und Jugendmagazine las sie sicher auch nicht. Die waren gewiss zu unanständig für sie.

„Ich will, dass es aufhört!", jammerte Lea.

„Ich weiß, wie es aufhören kann. Du musst befriedigt werden, einen Orgasmus haben."

„Aber wir können nicht miteinander schlafen."

„Warum nicht? Es ist die normalste Sache der Welt!"

„Aber ich bin noch Jungfrau! Außerdem bist du mein Cousin! Und vor meiner Hochzeit schon gar nicht!"

Nico glaubte, er höre nicht richtig. Hier hatte er wirklich eine harte Nuss zu knacken. Er war wütend auf seine Tante und seinen Onkel. Spielten nach außen die konservative, artige, religiöse Familie und waren heimlich die Versauten. Er konnte sich noch gut an die Szene erinnern, als er ein kleiner Junge von gerade mal sieben Jahren war und mit seiner Familie noch in Ingolstadt wohnte. Ohne etwas Böses zu ahnen, marschierte er in der Kirche in das Zimmer des Pfarrers. Und was er dort sah, erschreckte ihn zutiefst. Der Pfarrer fickte Leas Mutter in Missionarsstellung auf der Couch, während Leas Vater in einer Ecke des Zimmers stand und sich einen wichste. Nico verstand die Situation damals noch nicht, aber je älter er wurde, desto klarer wurde alles. Er hatte es nie übers Herz gebracht, es Lea zu sagen und würde es auch nie tun. Zu sehr würde das Bild, das sie von ihren Eltern hatte, zu bröckeln beginnen. Und nicht nur das, wahrscheinlich würde die Kenntnis von diesem Vorfall Lea auch in eine tiefe religiöse Sinn- und damit auch Lebenskrise stürzen. Dafür wollte sich Nico nicht verantwortlich fühlen.

„Lea, ich bin der Einfühlsamste, den du dir vorstellen kannst. Die Typen da draußen kannst du doch alle vergessen, denen geht es nur um ihre eigene Befriedigung. Meinst du, die werden bei deinem ersten Mal Rücksicht auf dich nehmen?" Er wusste, dass es nicht fair war, ihr so Angst zu machen. Aber er war halt nur ein Mann, und in diesem Moment ein Mann, der stark erregt war und nur noch befriedigt werden wollte. In so einem Zustand gelang es Nico nicht, klar und rücksichtsvoll zu denken. Hauptsache, er kam zum Zuge. „Mir ist es wichtig, dass es dir gut geht, dass du ein wunderschönes erstes Mal hast, und ich will dein Erster sein. Ich will der sein, der dich entjungfert."

Lea schwieg. Sie war sich nicht sicher. Sie hatte Angst vor dem ersten Mal. Aber wer konnte ihr die besser nehmen als Nico?

„Lass mich dir zeigen, wie es sich ungefähr anfühlt, befriedigt zu werden, OK? Nur ganz kurz. Ich will es dir nur zeigen."

Lea nickte.

Nico öffnete seine Hose und holte seinen steil nach oben gerichteten Schwanz hervor.

Lea kannte erigierte Penisse nur von Zeichnungen aus dem Sexualkundeunterricht und flüchtig von Bildern, die sie irgendwo mal gesehen hatte. Aber dass ein Penis tatsächlich so stark anschwellen konnte, erstaunte und verängstigte sie zugleich.

Nico merkte, wie besorgt Lea war. „Du musst keine Angst vor ihm haben. Du kannst ihn gern mal anfassen."

Lea streckte langsam ihre Hand vor und streichelte Nicos steifes Glied.

Nico törnte das an. Aber er musste die Kontrolle bewahren. „Jetzt musst du aufhören, das erregt mich noch sonst mehr. Es sei denn, du willst mich befriedigen."

Lea hatte vom Befriedigen mit der Hand und auch vom Oral- und Analsex gehört. Aber sie fand es widerlich. Vernünftiger Sex war für sie der normale Geschlechtsakt, denn nur so konnte man auch Kinder zeugen. „Du willst, dass ich ihn mit der Hand befriedige oder in den Mund nehme, stimmt`s?", fragte sie.

Das schien sie also zu wissen. Nico war verwundert. „Willst du das denn?"

„Nichts für mich." Diese selbstbewusste Äußerung passte nicht zur schüchternen Lea.

„Hast du es denn schon mal gemacht?"

„Nein, aber du wolltest mir zeigen, wie es sich in etwa anfühlt, befriedigt zu werden."

„Soll ich es dir mit meiner Hand oder meinem Penis zeigen?"

„Wie du willst, Hauptsache, wir schlafen nicht miteinander".

„Gut, dann leg dich zurück und schließ die Augen."

Als Lea sich wieder zurückgelegt hatte, strich er mit einer Hand sanft über ihren Venushügel, dann weiter hinunter und fühlte ihre geschwollenen Schamlippen unter ihrem nassen Slip. Wie gern hätte er ihr jetzt einfach die Unterhose heruntergezogen, ihren Schlitz geleckt und sie dann kräftig gevögelt. Doch er musste den Gedanken verdrängen und beugte sich über Lea, um seinen Penis an ihrer Scham zu reiben. Erst vorsichtig, und als Lea stöhnte, etwas fester.

Er müsste nur ihre Unterhose im Schritt zur Seite schieben und dann..., Nico schob diese Idee flugs beiseite, wurde aber wilder. Immer stürmischer rieb er sein erigiertes Glied nun an ihrer Vulva und versuchte, so gut es ging, sein Keuchen zu unterdrücken. Er merkte, dass er bald zum Orgasmus kommen würde. Doch wo sollte er bloß sein Sperma hinspritzen? Bestimmt nicht auf ihren Bauch, das kam nicht in Frage. Er hatte keine andere Wahl, er musste einfach versuchen, die Samen mit der Hand aufzufangen. Er hatte die Lösung gefunden! Sofort ließ er sich gehen und rubbelte seine Latte immer schneller an Leas Muschi.

Lea hatte noch nie ein so wundervolles Gefühl erlebt. Sie stöhnte lauter.

Nico spornte das nur noch mehr an. „Kommen, einfach nur kommen", flüsterte er mit geschlossenen Augen so leise, dass Lea es durch ihr Stöhnen nicht hören konnte. Als seine Samen herausgespritzt kamen, reagierte Nico nicht schnell genug, ein paar Spritzer landeten auf ihrem Schlüpfer, den Rest hatte er an seiner Hand kleben. Schnell steckte er seinen erschlafften Penis wieder in seine Boxershorts zurück. Dann erhob sich und sagte: „So fühlt es sich an."

Lea hatte gar nicht mitbekommen, dass er einen Orgasmus hatte. „Das fühlt sich sehr schön an", antwortete sie leise.

„Und ich verspreche dir, es ist noch tausendmal schöner, wenn er ganz in dir drinnen ist, denn dann wird auch das Innere deiner Scheide stimuliert".

„OK, ich bin bereit, ich will es jetzt tun." Lea war immer noch in Ekstase.

Nico ärgerte sich. Dann hätte er mit dem Abspritzen ja noch warten können! Aber er hatte nun wirklich nicht damit gerechnet, sie heute noch entjungfern zu können. „Heute nicht mehr, Lea, es ist schon spät. Außerdem möchte ich dir Zeit lassen. Überleg es dir bis morgen." Er wollte ihr nicht sagen, dass er gerade einen Orgasmus hatte und nun befriedigt war. Sein Penis würde zwar schnell wieder steif werden, aber mit dem Orgasmus war es so eine Sache. Denn wenn er sie schon entjungfern durfte, würde er auch in ihr kommen wollen. Er gab Lea einen Kuss und wünschte ihr eine gute Nacht. Dann verließ er ihr Zimmer.

Lea blieb allein zurück. Ihre Lust war noch nicht gestillt.

Hatte sie eben einen Orgasmus gehabt und war jetzt schon wieder erregt? Oder hatte sie gar keinen gehabt? Wie fühlte sich ein Orgasmus überhaupt an? Ihre Freundinnen sagten wie eine Explosion. Der ganze Körper soll wie elektrisiert sein. Aber es kribbelte immer noch zwischen ihren Beinen. Nein, sie war sich sicher, eben keinen Orgasmus gehabt zu haben, der musste sich noch anders anfühlen. Und ja, sie hatte sich entschieden, sie musste es sich nicht bis zum nächsten Tag überlegen, sie wollte sich von Nico entjungfern lassen! Er sollte ihr den ersten Orgasmus bescheren!

Doch schon kurze Zeit später kam Lea ohne Nicos Hilfe zu ihrem ersten Höhepunkt. Sie konnte nicht einschlafen und rieb mit ihren Fingern an ihren Schamlippen und ihrem Kitzler, so wie Nico es mit seinem Penis gemacht hatte. Zwar konnte sie den festen Druck von seinem steifen Penis mit ihren Fingern nicht erreichen, aber es reichte. Mit breitbeinig aufgestellten rubbelte sie so schnell an ihrem Kitzler wie sie konnte. Und dann war es soweit, sie stöhnte und zitterte am ganzen Körper. Danach schlief sie erschöpft ein.

Am Frühstückstisch konnte Lea Nico nicht in die Augen sehen. Sie schämte sich so dermaßen, dass ihr richtig übel wurde. Wie konnte sie nur so intim mit ihrem Cousin geworden sein? Sie hätte nie im Leben vermutet, dass sexuelle Lust einem so die Kontrolle entziehen konnte. Lea fand es grausam. Warum hatte Gott das zugelassen? Wollte er etwa, dass sie sündigte? Aber warum sollte er das wollen?

„Lea, Schatz, ist alles in Ordnung mit dir?" Brigitte sah ihre Tochter sorgenvoll an. „Du bist so blass."

„Ich bin noch müde."

„Dann leg dich nach dem Frühstück doch noch etwas hin. Der heutige Abend wird lang werden."

Lea war dankbar über die Worte ihrer Mutter. Nach dem Frühstück verschwand sie in ihrem Zimmer und legte sich ins Bett.

Kurze Zeit später klopfte es an ihrer Tür. Es war Nico, der ihr einen Tee hereinbrachte. Am liebsten wäre sie tief in der Matratze versunken. Und dann setzte sich Nico auch noch auf den Stuhl neben dem Bett! Lea sah ihn nicht an.

„Ich weiß, dass du dich schämst, aber das brauchst du nicht", versuchte Nico sie aufzumuntern.

„Wer sagt das? Bestimmt nicht Gott", antwortete Lea böse.

„Versuch doch mal, deine Werte und alles, was du gelernt hast wegzuschieben. Solange wir keine Kinder zeugen und offiziell kein Paar sind, gibt es doch nichts Verwerfliches an dieser Sache."

Eine Sache war es also für Nico. Auch das noch!

„Du fährst morgen wieder ab, und wir sehen uns dann sowieso erst in einem Jahr wieder. Keiner weiß davon. Nur du und ich."

„Und Gott. Und der wird mich dafür irgendwie bestrafen."

Nico war sauer, versuchte aber freundlich zu bleiben. „Ich will dir ja gar nicht widersprechen, aber meinst du, es gibt auch nur einen Menschen auf der Welt, der absolut sündenfrei lebt? Jeder hat doch schon mal etwas Böses gedacht oder etwas Rücksichtsloses zu jemandem gesagt, ohne es selbst zu merken. Oder zählt das nicht als Sünde? Wo fängt Sünde überhaupt an?"

„Das wirst du erst nach deinem Tod erfahren, denn dann entscheidet Gott, ob du in deinem Leben schlimm gesündigt hast oder nicht. Daher sollten wir wenigstens versuchen, nicht allzu viel zu sündigen."

„Vielleicht hast du Recht. Aber warum sollte das, was wir tun, eine Sünde sein? Es ist doch das schönste von der Welt und ein natürliches Bedürfnis des Menschen. Du willst es, ich will es. Keiner wird hier zu irgendetwas gezwungen. Warum hat Gott uns denn so gemacht, dass wir es wollen? Warum zwingt er uns denn zum Sündigen?"

Lea schwieg. Genau das fragte sie sich auch. Sie war jetzt aber einfach zu müde, um weiter darüber nachdenken zu können. „Ich möchte jetzt einfach nur schlafen."

„OK, ich lass dich allein. Wenn du etwas brauchst, sag ruhig Bescheid." Er beugte sich über sie und gab ihr einen Kuss auf die Stirn. Dann ging er aus ihrem Zimmer.

Als Lea wieder aufwachte, fühlte sie sich frischer und stärker. Den übrigen Tag versuchte sie, soweit es ging, Nico aus dem Weg zu gehen. Sie half ihrer Mutter und ihrer Tante in der Küche das Buffet für die Gartenparty am Abend vorzubereiten, während die Männer im Garten die Zelte und den Grill aufbauten und die Getränkekisten nach draußen schleppten. Tim und Stefan tobten im Garten herum und kamen zwischendurch in die Küche, um von den bereits zubereiteten Leckereien zu naschen.

Die Party wurde ein voller Erfolg. Lea hatte das Gefühl, dass noch mehr Leute als letztes Jahr da waren, obwohl ihre Tante beteuerte, dass es sogar zehn Leute weniger sein mussten. Aber bei dieser Menschenmenge fiel das eh nicht auf. Es war auch egal. 60 Gäste waren mehr als genug. Das Wetter war hervorragend, das Essen köstlich und die Musik brachte alle in Stimmung. Einige fingen zu tanzen an und Tante Magda und Onkel Gerd zeigten, dass sie immer noch genauso gut Rock`n`Roll tanzen konnten wie früher.

Lea war ausgelassen. Durch all die gutgelaunten Menschen um sie herum blühte sie richtig auf. Sie wehrte sich sogar nicht, als Nico sie schnappte und schwungvoll herumwirbelte.

Gegen zwei Uhr wurde Lea müde. Sie beabsichtigte ins Bett zu gehen, wollte sich aber nicht von allen verabschieden, weil sie befürchtete, dass Nico ihr folgen würde. So wartete sie einen günstigen Moment ab, in dem keiner von ihr Notiz nahm und schlich sich dann ins Haus und die Treppe zum oberen Stockwerk hoch. Dort ging sie ins Badezimmer, putzte in Ruhe ihre Zähne und zog sich ihr Nachthemd an. Als sie die Badezimmertür öffnete, sah sie Nico an ihrer Zimmertür stehen. Er hörte sie und drehte sich zu ihr um. „Ach, da bist du! Du hast ja gar nicht gute Nacht gesagt!"

„Ich dachte, es wäre besser so." Lea schlüpfte an Nico vorbei in ihr Zimmer.

„Du hast es dir also überlegt?"

„Ja, und ich möchte es lassen."

„Gestern wolltest du es noch."

Lea roch Nicos Alkoholfahne. „Du hast Alkohol getrunken, du weißt nicht mehr, was du sagst und tust."

„Ich habe zwar etwas getrunken, bin aber noch Herr meiner Sinne, guck." Nico lief balancierend auf einer imaginären Linie in ihrem Zimmer umher.

Lea musste lachen.

Zackig sprang Nico zu ihr hinüber, umklammerte ihre Taille und schmiss sich zusammen mit ihr aufs Bett.

„Nico, lass das!", warf Lea ihm eher vergnügt als ernst entgegen.

Schnell sprang Nico auf, um die Tür zu schließen und den Schlüssel umzudrehen.

Lea fand das nun gar nicht mehr witzig. Sie setzte sich aufrecht ins Bett. „Warum schließt du ab?", fragte sie wütend.

„Weil ich mit dir allein sein will. Ganz einfach." Nico näherte sich Lea, beugte sich über sie und begann sie zu küssen. Und noch ehe sie sich wehren konnte, zog Nico ihr gekonnt das Nachthemd über den Kopf. Das Licht der Straßenlaterne fiel auf Leas Brüste und Nico konnte nicht anders, als an einer ihrer Brustwarzen zu züngeln.

Lea stieß ihn weg. „Ich hab dir doch gesagt, dass ich das mit der Zunge nicht will!"

„OK, OK, Entschuldigung, ich hatte es vergessen." Nico legte seine Hand wie bei einem militärischen Gruß an seine Stirn. Dann fuhr er mit dem Massieren ihrer Brüstchen fort und strich dabei mit seinen Daumen immer wieder über ihre Knospen.

Leas Atem ging schneller. Trotzdem fragte sie: „Warum massierst du sie?"

Nicos Alkoholpegel machte es ihm nicht leicht, geduldig zu bleiben. „Lea..., frag nicht so viel. Du stellst dich wie ein kleines Kind an. Du musst mich auch einfach mal machen lassen. Wenn ich dich so richtig befriedigen soll, gehört das dazu."

Lea war sich nicht so sicher, ob sie das wollte, denn Nico war ihr heute zu forsch. Daher sagte sie leise: „Es reicht, wenn du sie nur streichelst."

Nico wollte sich nicht streiten, außerdem wollte er heute sein Ziel erreichen. Das bedeutete, dass er nichts machen durfte, was Lea nicht gefiel, sonst würde sie abblocken. Das wollte er auf gar keinen Fall riskieren. Und somit streichelte er nun ganz sanft ihre Busen und Knospen.

Lea schloss die Augen und legte sich zurück.

Vorsichtig löste Nico seine Hände von ihren Brüsten und strich links und rechts an ihrer Taille entlang hinunter zu ihrem Po. Von hier aus über ihren Bauch wieder zurück zu ihren Brüsten. So zart er nur konnte, wagte er sich mit seiner Zunge nun aufs Neue an Leas Brustwarzen. Sie waren einfach unwiderstehlich für Nico. Und was war ein Geschlechtsakt schon ohne das Lecken von Brustwarzen? Für Nico gehörte es ohne Widerrede dazu.

Lea bemerkte nichts. Im Glauben, dass es Nicos Finger wären, die ihre Brustwarzen so wunderbar empfindsam stimulierten, wurde sie immer erregter. Sie spürte wieder diese Feuchte zwischen ihren Schamlippen, und ganz automatisch bäumte sich ihr Becken ein wenig auf.

Nico bemerkte diesen leichten Druck an seinem steinharten Schwanz. Reflexartig legte er seine Finger zwischen ihre Beine und fühlte ihren vom Ausfluss durchtränkten Slip. Er leckte sich schnell einen Finger ab, um von Leas salzigen Saft zu kosten. Dann rieb er seine Finger stärker an ihrem Schambereich, um noch mehr von diesem köstlichen Saft aus ihrer Muschi zu pressen.

Lea stöhnte leicht auf.

Ohne nachzudenken, schob Nico ihren Slip im Schritt zur Seite. Er war dankbar, dass er durch das Licht der Laterne ihr Fötzchen besser sehen konnte. Aus Leas Spalt floss glasklarer Saft und Nico bückte sich, um ihn vorsichtig abzulecken.

Lea schreckte hoch. „Was war das, Nico? Es kitzelt da unten so."

Nico wurde wütend. Warum störte sie das Vorspiel ständig? „Ich liebkose dich da gerade. Es gehört dazu, Lea. Lass mich nur machen. Wenn es dir gefällt, ist es in Ordnung so."

Lea legte sich wieder zurück und vertraute Nico.

Nico öffnete seine Jeans, holte seinen steifen Penis hervor und rieb ihn an Leas Scheide. Von Lea kam kein Protest. Also konnte er zum nächsten Schritt übergehen. Er kündigte ihn aber lieber vorher an, um sie nicht schon wieder zu erschrecken: „Ich ziehe dir nun deine Unterhose aus."

Ein weiches „OK" kam ihr über Leas Lippen.

Nico streifte ihr den Slip ab. Nun lag ihre kleine Muschi entblößt vor ihm. Lea war nicht rasiert, aber ihr Haarwuchs war nicht so stark, dass es Nico störend fand. Er stand eh nicht auf kahlrasierte Schambereiche. Natürlichkeit war ihm lieber.

Mit breiter Zunge leckte er nun ihre Schamlippen von unten nach oben langsam ab. An ihrer kleinen Kirsche verweilte er, um sie mehrmals züngelnd zu umkreisen.

Lea quittierte es ihm mit einem grellen Aufschrei.

„Ist es gut so, Lea? Mache ich es gut?" Nico wollte sich vergewissern, ob es ein Aufschrei der Lust oder des Protests war.

Als Lea benommen nickte, war er erleichtert.

„Gut, dann mache ich jetzt weiter." Langsam schob er seine Zunge in ihre schmale Schlucht. Er kam nicht weit, denn das Jungfernhäutchen gab im Widerstand. Wie gern hätte er sie nun einfach in ein paar Zügen ungeniert durchgebumst. Doch Nico liebte diesen Reiz, sich beim Sex unter Kontrolle halten zu müssen. Daher strich er mit seiner Eichel langsam an ihren Schamlippen entlang und drückte seinen Penis leicht zwischen sie. Er spürte Leas Nässe. Schnell zog er sein Glied wieder zurück, bevor er sich ganz vergessen und Lea seinen ungeschützten Speer hineinrammen würde. „Lea, bist du bereit? Ich ziehe mir nun ein Kondom über und dann werde ich in dich eindringen. Ist das OK?"

„Ja, ist OK."

So gefiel sie ihm. Lea war die Sklavin ihrer Lust. Nico war stolz darauf, sie so weit bekommen zu haben. Mit zittrigen Händen streifte er sich das Kondom über. Schnell schnappe er sich noch Leas Handtuch vom Stuhl und legte es unter ihren Hintern. Dann war es soweit. Er atmete noch einmal tief durch, dann spreizte er mit seinen Fingern behutsam ihre Schamlippen und drückte seinen harten Schwanz vorsichtig in ihr Loch. Er fühlte das Jungfernhäutchen. Nico wollte, dass es so schmerzfrei wie möglich einreißt, er wollte Lea nicht gewaltsam entjungfern. Daher stieß er nun nicht einmal kräftig und gefühllos zu, sondern drückte sein Glied langsam weiter in sie hinein, bis das Jungfernhäutchen endlich nachgab und sein Penis tiefer in ihre Schlucht rutschte.

Lea schrie kurz auf, wurde dann aber wieder von ihrer Lust und dem schönen neuen Gefühl in sich übermannt.

Nico war erleichtert, dass sie die Aktion nicht stoppte, denn dieses enge Gefühl bei Jungfrauen war immer der Lohn für die geduldige und zuweilen nervige Vorarbeit. Seine Stöße wurden schneller. Doch dann klopfte es plötzlich, die Türklinke wurde heruntergedrückt.

Lea und Nico erschraken. Sofort zog Nico seinen Penis aus Leas Scheide.

Sie hörten Leas Mutter fragen: „Lea bist du da drinnen?"

„Mama, ich habe schon geschlafen."

„Und warum schließt du ab, Schatz?"

„Es sind so viele Leute hier."

„Na gut, tut mir leid, dass ich dich gestört habe. Schlaf weiter. Gute Nacht, Liebes."

Nico fiel ein, dass man ihn wahrscheinlich auch bald suchen würde. Sie mussten zum Ende kommen.

Lea war aber nicht mehr nach Sex zumute. Für Nico bedurfte es einer großen Überredungskunst, sie zum Weitermachen zu bewegen. „Du willst doch nicht unbefriedigt einschlafen, oder? Es ist ein Muss, beim ersten Mal einen Orgasmus zu haben! Lea, du könntest heute deinen ersten Orgasmus haben!" Nico war sich sicher, dass Lea noch nie masturbiert hatte, was bis zur vorherigen Nacht ja auch der Fall war. Küssend drückte er sie in Liegeposition zurück.

Lea drehte ihren Kopf zur Seite und stieß Nicos Oberkörper leicht von sich weg. „Ich weiß nicht Nico. Wir machen alles nur noch schlimmer."

„Verdammt, ich möchte doch nur dein enges Fötzchen ficken", nuschelte Nico unüberlegt und kaum hörbar.

„Was hast du gesagt?" Lea traute ihren Ohren nicht. Hatte sie das wirklich richtig verstanden? Oder spielte ihr Gehirn schon verrückt?

„Es tut mir leid." Nico machte eine kurze Pause. „Lea, ich bin ein Mann und einfach nur erregt. Das ist alles. Mann... und auch Frau hat sich dann manchmal nicht mehr unter Kontrolle. Es kommt dann einfach so aus einem heraus. Das, das wirst du irgendwann auch verstehen." Er versuchte sie wieder zu küssen.

Lea machte widerwillig mit. Doch als Nico seinen harten Penis wieder gegen ihren Kitzler drückte, kam dieses Prickeln wieder zurück. Ja, sie hatte Lust weiterzumachen!

Nico war erleichtert, als er bemerkte, dass sie sich ihm wieder hingab. Er wollte nun keine Zeit mehr verlieren. Da er auf seinen Füßen saß, zog er Leas Becken hoch auf seinen Schoß und drang wieder in sie ein. Während Nico ihre Hüfte vor und zurück schob, flüsterte er ihr zu: „Ich verspreche dir, du wirst heute den besten Orgasmus bekommen, den du je haben wirst." Und in Gedanken setzte er noch nach: „Ich werde dich granatenmäßig ficken." Nico liebte schmutzige Sätze beim Sex, aber die waren bei Lea nicht angebracht. Er legte sich nun in klassischer Missionarsstellung auf Lea, um ihren Kitzler beim Eindringen so stark wie möglich stimulieren zu können.

Er machte alles richtig. Lea begann nach Luft zu schnappen, ihre Beine strampelten wild.

Nico intensivierte seine Stöße.

Nun war Lea nicht mehr zu bremsen. Ihr kompletter Körper zuckte und Nico musste mit einer Hand ihren Mund zuhalten, um ihr lautes Hecheln zu dämpfen. Er nutzte die Gelegenheit, um an ihren Brustwarzen zu saugen, bis auch er endlich von seinem Druck erlöst wurde und abspritzte. Danach ließ er sich neben Lea ins Bett plumpsen. Nach ein paar Atemzügen fragte er sie: „Und? Wie hat sich dein Orgasmus angefühlt?" Er war neugierig.

„Es, es war unbeschreiblich."

Zärtlich streichelte er ihren Arm.

„Du musst jetzt gehen, Nico."

„Ich weiß. Du glaubst gar nicht, wie gern ich jetzt mit dir Haut an Haut einschlafen würde."

Lea reagierte nicht darauf. Es durfte mit ihnen nicht weitergehen.

Nico musterte das Handtuch im Laternenlicht. Da es bunt gestreift war, konnte er den Blutfleck nicht so deutlich erkennen. Das Bettlaken hatte aber, Gott sei Dank, nichts abbekommen. „Ich nehme das Handtuch am besten mit in mein Zimmer und schmeiße es am Montag auf dem Weg zur Uni in den Müll. Wenn deine Mutter zu Hause nach dem Handtuch fragt, hast du es hier vergessen, OK?"

Lea war dankbar. „Das ist lieb von dir!"

Nico gab ihr einen langen Kuss auf den Mund, dann redete er ihr ins Gewissen: „Wir haben nichts Schlimmes getan. Du bist deswegen jetzt kein schlechter Mensch. Vergiss das nicht!"

„Ist gut. Gute Nacht." Lea fühlte sich leer und gedankenlos. Gegen vier Uhr schlief sie ein, während im Garten noch die restlichen Gäste feierten.

Am nächsten Morgen fühlte sich Lea etwas besser, zwar müde, aber nicht mehr so beschämt wie am Tag zuvor.

Als sie die Treppe herunterkam, waren die anderen schon mit dem Aufräumen beschäftigt. Tante Magda bemerkte sie zuerst. „Lea ist wach. Lasst uns erst einmal frühstücken und nachher weitermachen", rief sie den anderen zu.

Keiner am Frühstückstisch wusste, dass sich für Lea in der Nacht etwas Grundlegendes verändert hatte. Nicht ihr achtzehnter Geburtstag, nein, ihre Entjungferung, ihr erster Sex, hatte sie erwachsen gemacht. Sie war nun nicht mehr das unschuldige Mädchen, für das sie jeder hielt. Ihr Cousin hatte sie zur Frau gemacht.

Am frühen Nachmittag fuhr Leas Familie ab. Lea blickte ein letztes Mal durch die Heckscheibe des Autos zurück. Winkend standen ihre Tante, ihr Onkel und Nico vor der Haustür. Ihr Blick blieb auf Nico haften, bis sie in die Querstraße einbogen und er aus ihrem Sichtfeld verschwand.

„Hat es euch gefallen?" Brigitte drehte sich zu ihren Kindern auf der Rückbank um.

„Jaaa", schrien Tim und Stefan wie aus einem Munde.

Lea lächelte nur. Ihr süßes Geheimnis würde sie für sich behalten.

4. Geheimnisvolle Studentin

Ich saß in einer Vorlesung an der Uni. Der Professor schrieb ununterbrochen Formeln an die große Tafel, aber ich hörte nur mit halbem Ohr zu. Mich lenkte heute eine Studentin ab, die ich in meinen Vorlesungen noch nicht gesehen hatte. Sie saß zwei Reihen schräg hinter mir und ich musste mich ständig nach ihr umdrehen. Sie war der Männertraum schlechthin. Eine blonde Lockenmähne umspielte verführerisch ihr Gesicht und ihr leicht rot geschminkter Schmollmund verleitete mich zu erotischen Fantasien. Ich musste mich beherrschen, nicht zu lange auf diesen unglaublichen Mund zu starren. Oder auf ihre Brüste, die sich unter ihrer schwarzen Bluse prall abzeichneten.

Was für eine Abwechslung an einem langweiligen Vorlesungstag! Ich war scharf auf sie und das nicht zu knapp!

Aber ich war nicht der einzige. Immer wieder bemerkte ich, dass andere Studenten sich ebenfalls nach ihr umdrehten oder verstohlen zu ihr herüberblickten.

Ich malte mir keine Chancen aus. Mein Aussehen konnte ich realistisch einschätzen. Auf intellektuell aussehende Brillenträger stand sie bestimmt nicht. Ich tippte auf David, der war der Frauenaufreißer schlechthin. Der kriegte sie alle rum. „Der wird sie nach der Vorlesung bestimmt ansprechen, wenn er es nicht vor der Vorlesung schon getan hat", ging es mir durch den Kopf.

Ich versuchte, mich wieder auf die Formeln an der Tafel zu konzentrieren. „Vergiss sie, streich sie dir aus dem Kopf", wiederholte ich gedanklich immer wieder. Und bis zum Ende der Vorlesung schaffte ich es tatsächlich, mich nicht mehr nach ihr umzudrehen. Ich packte meine Unterlagen zusammen und stand auf. Mein erster Blick galt natürlich ihr. David schien kein Interesse zu haben, er verschwand sofort aus dem Hörsaal. Auch sonst sprach sie keiner an. Sollte ich es wagen? Aber sie würdigte mich keines Blickes. Wahrscheinlich hatte so eine wie sie eh einen Freund.

Der weitere Tag verlief langweilig und ohne interessante Vorkommnisse. Ich aß mit einigen Studienkollegen in der Mensa, und anschließend setzten wir uns in unserem Raum im Keller zusammen, um an unserem Projekt weiterzuarbeiten.

„Habt ihr heute Morgen die neue Studentin gesehen, die so aufreizend angezogen war?", fragte ich in die Runde.

„Na klar", kam es wie aus einem Munde, „wem ist die nicht aufgefallen!"

„Die würde ich gern mal durchknallen", setzte Dirk nach.

Gelächter brach aus.

„Könnt ihr das Gespräch bitte nachher ohne mich fortsetzen? Danke!", warf Michaela scharf ein. Sie war die einzige Frau unter uns.

Wir verstummten und arbeiteten weiter. Ich war so konzentriert, dass ich keinen Gedanken mehr an die geheimnisvolle Studentin verschwendete.

Gegen 19 Uhr beendeten wir unsere Arbeit.

„Wir gehen jetzt noch ins Maxi. Wer kommt mit?", fragte Tom.

Alle gingen mit, außer ich, denn ich wollte die Formelberechnung, mit der wir nicht weiter kamen, endlich beenden. Es ließ mir einfach keine Ruhe. So blieb ich allein zurück.

Nach etwa einer Stunde war meine Konzentration am Nullpunkt angelangt. Die Formel hatte ich aber fast geknackt. Ich brauchte nur eine kleine Pause und einen Kaffee.

Auf dem Weg zum Kaffeeautomaten bog ich noch schnell in den Gang zu den Toiletten ab. Und wer kam mir da entgegen? Mir blieb fast das Herz stehen. Die neue Studentin! Ich hatte sie doch so gut aus meinen Gedanken vertrieben! Und nun das!

Wie angewurzelt blieb ich stehen und starrte sie wie eine Außerirdische an. Sie stolzierte an mir vorbei und ich traute meinen Augen nicht! Sie zwinkerte mir keck zu! Ich drehte mich nach ihr um, doch sie war schon um die Ecke gebogen.

Die Formelberechnung hatte sich für heute erledigt, das war klar. Nun war die sexy Studentin wieder in meinem Kopf.

Am Waschbecken klatschte ich mir erst einmal ordentlich eiskaltes Wasser ins Gesicht, um wieder zur Besinnung zu kommen.

Gerade, als ich dabei war, mir das Gesicht und die Hände mit den Papiertüchern abzutrocknen, ging die Tür auf und die neue Studentin trat ein. Trotz ihrer schwarzen High-Heels kam sie sicheren, entschlossenen Schrittes auf mich zu und blieb ein paar Zentimeter vor mir stehen. Ihr blumiger Geruch hüllte mich sofort ein und betörte meine Sinne. Ohne Umschweife nahm sie meine Hand und führte mich zu einer der Toiletten.

„Hey, was machst du?", fragte ich völlig entrüstet.

„Na, wonach sieht`s denn aus?", antwortete sie mit einer kühlen, sarkastischen Stimme, während sie die Toilettentür hinter uns schloss.

Ich war zu verwirrt, um irgendetwas widergeben zu können. Ich blickte nur auf ihren Mund, der aus dieser Nähe noch sinnlicher und größer aussah.

Ihre Hand wanderte in meinen Schritt, und als sie mein steifes Glied spürte, rieb sie ihre Handfläche fest daran.

Mein Atem ging schneller.

„Du willst mich doch, ich habe doch deine Blicke gesehen", flüsterte sie mir ins Ohr.

Ihr Atem so dicht an meinem Gesicht machte mich heiß. Ich hatte keine Zeit zu antworten, denn schon fuhr sie mit ihrer Zunge meine Lippen entlang und tastete sich ins Innere meines Mundes. Hemmungslos züngelte sie in meinem Mund umher, während sie meine Hose öffnete und mir die Unterhose vom Po strich. Augenblicklich sprang meine Lanze hervor, die sie erst sanft, dann immer heftiger werdend, massierte.

Ihre Hände an meinem nackten Schwanz waren zu viel für mich. Ich musste mich beherrschen, nicht abzuspritzen. Was für ein Verlierer wäre ich sonst gewesen? Sie wollte mit Sicherheit doch auch auf ihre Kosten kommen.

Plötzlich ließ sie von mir ab und befahl mir, mich zu setzen. Ihr Ton erlaubte keine Widerrede.

Also setzte ich mich auf den heruntergeklappten Klodeckel, während sie hektisch ihre Bluse aufknöpfte. Ihr roter Spitzen-BH und die darin eingepackten Brüste kamen zum Vorschein.

Nun konnte ich mich nicht mehr zurückhalten. Ich wollte ihre nackten Busen sofort sehen, anfassen und lecken. Das Problem war, dass ich im BH öffnen nicht geübt war und mich nicht blamieren wollte. So stand ich rasch auf, streifte ihr blitzschnell die Träger herunter und zog den BH leicht nach unten, so dass ihre harten Brustwarzen heraussprangen. Sofort züngelte und lutschte ich abwechselnd an ihren festen Knospen.

Ihr schien es zu gefallen. Ein helles Stöhnen ertönte aus ihrer Kehle. Trotzdem drückte sie mich wieder auf den Klodeckel hinunter und zog ihren engen schwarzen Rock hoch. Ich war überrascht, keinen Slip, sondern gleich ihre blankrasierte Scham zu sehen. Ihr Schlitz war leicht geöffnet und glitzerte feucht.

Ich beugte mich vor, um an ihren Schamlippen zu lecken. Ihr Saft schmeckte süßlich und ich wollte mehr von ihm aufnehmen, doch sie ließ mir nicht viel Zeit. Ihren Rock links und rechts hochhaltend, stieg sie über mich.

Ich erwartete, meinen Penis nun ganz in ihrer warmen Schlucht versenken zu können. Doch sie hielt meinen Schaft mit einer Hand fest und ließ nur meine Eichel am Eingang ihrer Muschi kreisen.

Ich hielt es nicht mehr aus und versuchte, sie mit meinen Händen an ihrer Hüfte weiter hinunter zu drücken. Doch sie stemmte sich dagegen und stöhnte: „Ich ficke dich, nicht du mich!"

Es war eine Qual, meinen Orgasmus zurückhalten zu müssen. Der Anblick ihrer prallen Brüste, ihrer halb geschlossenen Augenlider und ihres leicht geöffneten Mundes machte es mir nicht leichter. Ich saugte nun noch heftiger an ihren steifen Brustwarzen.

Dann endlich die Erlösung. „Willst du es tiefer?", hauchte sie mir zu.

Ich konnte nur ein zartes „Ja" zurückhauchen und schon ging es los. Erst langsam beginnend, dann immer schneller und heftiger werdend, ritt sie auf mir.

Ab und zu schaffte ich es, mit meiner Zunge einen ihrer Nippel zu erhaschen und versuchte ihn, trotz des wilden Ritts, saugend in meinem Mund zu behalten, was mir allerdings nicht immer gelang. Trotzdem hoffte ich, Lisa so schneller zum Orgasmus bringen zu können. Unterstützend umfasste ich ihren straffen Po mit meinen Händen, um die Stöße zu intensivieren. Und ich schaffte es. Kurze Zeit später warf sie ihren Kopf in den Nacken und stöhnte laut und ungeniert.

Nun konnte und musste ich mich nicht mehr beherrschen. Mein Schwanz bebte heftig, als ich abspritzte.

Lisa geilte das nur noch mehr auf. Ihr Stöhnen ging nun in ein leichtes Gekreische über, und sie krallte sich in meinen Schultern fest.

Ich fühlte ich mich gelöst wie schon lange nicht mehr. Mein Atem ging rasend schnell. Ich musste mich erst einmal wieder fangen.

Lisa aber stieg sofort von mir ab, nahm etwas Klopapier und wischte sich die nasse Muschi ab. Dann zog sie ihren Rock herunter und drehte das Türschloss auf.

„Willst du schon gehen?", fragte ich überrascht.

„Übernachten wollte ich hier nicht. Du etwa?", gab sie schnippisch zurück.

„Natürlich nicht, aber ich dachte, vielleicht können wir uns wieder sehen?"

„Bestimmt werden wir das". Sie öffnete die Tür und ging zu einem der Waschbecken.

Schnell knöpfte ich meine Hose zu und sprang ihr hinterher. Jetzt durfte sie mir nicht entkommen! Ich stellte mich neben sie und hätte sie am liebsten noch einmal genommen, so unglaublich sexy war sie. Stattdessen fragte ich sie nach ihrem Namen.

„Du fragst zu viel!", war ihre knappe Antwort. Sie wusch sich die Hände, trocknete sie ab und ging zur Ausgangstür. Kurz bevor sie um die Ecke bog, drehte sie sich noch einmal um und sagte: „Ich bin Lisa."

Geistesabwesend ging ich in unseren Projektraum zurück, packte dort meine Sachen zusammen und fuhr mit dem Bus nach Hause.

Ich lebte mit Martin, einem Studienkollegen aus meiner Projektgruppe, zusammen.

Martin war noch nicht da und wohl noch mit den anderen im Maxi, unserer Stammkneipe. Das war auch gut so, denn an diesem Tag wollte ich ihm nicht mehr begegnen. Ich war mir nämlich noch nicht im Klaren, ob ich ihm von der Begegnung mit Lisa erzählen oder es lieber lassen sollte. Er würde mir eh nicht glauben. Und wenn ja, müsste ihm mit Sicherheit jede Kleinigkeit berichten. Das wollte ich nicht. Lisa sollte mein süßes Geheimnis bleiben, solange sich nichts Ernstes entwickelte.

In dieser Nacht konnte ich nicht einschlafen. Ich musste immerzu an Lisa denken. An ihren Mund, ihre Brüste, ihre Möse, ihre Locken. Der Gedanke an sie erregte mich immer wieder aufs Neue und ich musste erst onanieren, um wenigstens ein bisschen Ruhe in meinen Kopf zu bekommen.

Lisa hatte meine sexuelle Seite erst so richtig entfacht. Lisa hatte die Formeln in meinem Kopf verdrängt. Wieso hatte sie gerade mich ausgewählt? Ich verstand es nicht. Mit diesem Gedanken schlief ich ein.

Am nächsten Tag konnte ich es kaum erwarten, zur Uni zu kommen. Ich war so aufgeregt wie ein kleiner Junge bei seiner Einschulung. Tausend Fragen gingen mir durch den Kopf. Wie würde Lisa mich begrüßen, wenn wir uns über den Weg laufen sollten? Würde sie mich ignorieren? Würde sie wieder mit mir vögeln wollen?

Doch ich traf Lisa nicht. Nicht in den Vorlesungen, nicht in der Mensa, nicht in den Gängen.

„Was ist denn heute bloß los mit dir?", fragte Martin mich. „Du bist so unruhig! Mann, Alter, wir kriegen das schon hin mit der Formelberechnung. Mach dir mal keine Sorgen!"

Ich war froh, dass sich Martin schon selbst eine Antwort gegeben hatte. „Ja, ich weiß, es wurmt mich halt. Wir sitzen da schon solange dran", antwortete ich genervt.

In unserer allabendlichen Projektrunde war ich völlig unkonzentriert und überhaupt nicht bei der Sache.

In einer kurzen Pause nahm mich Martin zur Seite: „Hey, Mann, da ist doch was anderes mit dir los, oder? Ich merk` das doch!"

„Was soll denn sein? Ja, vielleicht. Ist nicht wichtig", wich ich aus.

„Du sagst Bescheid, wenn du Hilfe brauchst, OK?"

„Ja, klar. Mach dir keinen Kopf. Ist nichts Schlimmes."

Die anderen gingen um 19 Uhr wieder ohne mich ins Maxi. Ich arbeitete an den Formeln weiter. Aber ich kam nicht voran. Lisa war in meinem Kopf und raubte mir die Konzentration. Es machte daher keinen Sinn weiterzumachen, ich musste mich ablenken. „Vielleicht schaffe ich es noch, die anderen auf dem Weg ins Maxi einzuholen", überlegte ich kurz. Eilig packte ich meine Sachen zusammen und trabte zum Uniausgang.

Kurz vor unserer Stammkneipe holte ich alle ein.

Es war eine gute Idee mit ins Maxi zu gehen. Die Gespräche mit meinen Freunden lenkten mich von Lisa ab.

Dann fiel mir plötzlich etwas ein. Ich hatte mein Matheheft im Raum liegengelassen! „Scheiße!", rief ich laut aus. „Leute, ich muss zurück zur Uni. Ich hab` mein Matheheft da liegengelassen!"

„Kommst du dann wieder her?", fragte Michaela mich.

„Mal schauen". Und schon machte ich mich auf den Weg zurück zur Uni.

Die Gänge der Uni waren am Abend immer leer. Nur vereinzelt kamen mir Studenten entgegen. Ich liebte diese stille Atmosphäre.

Auf der Treppe hinunter zum Keller blieb ich intuitiv stehen. Irgendetwas hörte ich da rascheln. Was war das? Da waren doch Leute im Keller! Unsere Gruppe hatte aber als einzige den Raum im Keller, und meine Projektkollegen waren alle im Maxi. Wer konnte das also sein? Eventuell die Putzfrau? Meine einzige Sorge war, dass mir vielleicht irgendjemand meine Formelberechnungen geklaut haben könnte.

Doch bevor ich losstürmte, um nachzusehen, ob mein Heft noch an seinem Platz lag, sah ich, wie sich etwas im Glas des Süßigkeitenautomaten spiegelte. Es brauchte ein paar Sekunden, bis ich es schnallte. Unter der Treppe vögelten gerade Lisa und David! Ich konnte es nicht fassen! Diese Schlampe! Ich war wie versteinert. Was sollte ich jetzt tun? Weggehen oder einfach an den beiden vorbei und in den Raum huschen? Ich entschied mich, dass ich nicht dazu verpflichtet war, solange zu warten, bis die Herrschaften fertig waren. Also ging ich zügigen Schrittes an den beiden vorbei und blickte kurz zu ihnen hinüber. Ich traf genau den glasigen Blick aus Lisas halbgeschlossenen Augen. David hatte sie an die Wand gedrückt und nahm sie mit kräftigen Stößen im Stehen.

Wut stieg in mir hoch.

Schnell verschwand ich im Raum und machte die Tür leise hinter mir zu. Mein Heft lag noch auf dem Tisch. Ich hätte es nun in meinen Rucksack stecken und den Raum wieder verlassen können. Aber ich nahm mir vor, so lange hier zu warten, bis Lisa und David fertig waren, denn ich war eifersüchtig und wollte mir den Anblick nicht noch einmal antun.

Musste es unbedingt David sein? Der konnte es Lisa bestimmt richtig besorgen, denn er hatte viel mehr Sexerfahrung als ich. Mit Anfang zwanzig konnte ich nämlich erst zwei Geschlechtsakte vorweisen und die waren alles andere als hemmungslos.

Mir war klar, ich hatte verloren. Oder ich müsste besser sein als David. Aber auf was stand Lisa, auf was standen Frauen? Zum ersten Mal in meinem Leben stellte ich mir diese Frage. Mit Sicherheit durfte ich nicht schüchtern sein. Ich müsste sich so richtig hart rannehmen. Das würde ihr bestimmt gefallen. So schätzte ich sie jedenfalls ein. Aber vielleicht auch nicht. Vielleicht war es gerade meine Unerfahrenheit und Schüchternheit, die sie reizte.

Fünfzehn Minuten später sprang die Tür auf. Es war natürlich Lisa. Erhaben stolzierte sie in den Raum. „Hat es dich scharf gemacht?", kam es wie aus einer Pistole aus ihr herausgeschossen.

Sie war wieder unglaublich verführerisch angezogen. Ihr geblümter Minirock bedeckte gerade mal soeben ihr Hinterteil. Ich wettete, dass sie heute wieder keinen Slip trug.

„Ganz im Gegenteil, ich finde das abartig", sagte ich trocken.

„Sex findest du abartig? Danach sah es gestern aber ganz und gar nicht aus." Sie kicherte und wirkte dadurch nicht mehr so kühl wie am Tag zuvor.

„Ich finde es abartig, dass du gleich heute schon mit einem anderen fickst."

„Da ist ja einer eifersüchtig." Lisa kam um den Tisch herum und streichelte meinen Nacken.

„Lass das bitte." Ich zog den Kopf zur Seite.

Sie nahm ihre Finger weg und setzte sich mit übergeschlagenen Beinen auf den Tisch schräg vor mir. „Du brauchst nicht eifersüchtig zu sein. Dein Schwanz ist viel dicker und länger als Davids. Er konnte es mir nicht richtig besorgen."

Das hatte gesessen. Stimmte das wirklich, was sie da sagte, oder wollte sie nur, dass ich nicht mehr böse auf sie bin? Egal, ich fühlte mich trotzdem geschmeichelt.

Dann schwang Lisa ihre Beine auf den Tisch, zog die Knie hoch und spreizte ihre Beine.

Ich starrte direkt auf ihre Schamlippen, die vom Fick mit David noch gerötet waren. Mir wurde heiß.

„Das gefällt dir, oder?" fragte sie verschmitzt.

Ich antwortete nicht, denn ich war im Nu erregt und wollte sie einfach nur noch vögeln. Meine Unerfahrenheit hemmte mich kurz, aber dann fiel mir David wieder ein. Ich musste Lisa zeigen, dass ich es ihr besorgen konnte. Also stand ich auf, ließ meinen rechten Mittelfinger zielstrebig durch ihren feuchten Schlitz gleiten und küsste ihren Schmollmund.

„Hui, heute gehst du aber ran". Der Klang ihrer Stimme bestätigte mir, dass es ihr gefiel. „Besorg es mir!" befal sie mir dann und lehnte sich auf ihren Ellenbogen zurück. Ich sah, dass bereits Saft aus ihrer Spalte quoll.

Schnell öffnete ich meine Hose, zog Lisa an der Taille weiter zu mir an die Tischkante und steckte meinen Schwanz sofort in ihr nasses Loch.

Lisa schrie ein langes „Jaaa" aus und warf ihren Kopf zurück.

Das spornte mich nur noch mehr an. Ich wollte es ihr nun so richtig geben und stieß meine Latte daher nun in kurzen Abständen heftig in ihre Fotze.

Lisa stöhnte jetzt unglaublich laut. Das bewies mir, dass ich es richtig machte. Diesmal fickte ich sie und nicht sie mich. Ich hatte nun die Oberhand und es fühlte sich gut an. Und ich wollte sie abhängig von mir machen, denn nur so hatte ich eventuell eine Chance, sie nicht zu verlieren. Mit diesem Gedanken zog ich mein Glied aus ihr heraus und ließ mich auf dem Stuhl hinter mir nieder.

Erschrocken fuhr Lisa hoch: „Was ist denn los?"

„Du musst um ihn betteln", antwortete ich und zeigte dabei auf meinen steil nach oben gerichteten Speer.

Sie kroch von der Tischplatte, hockte sich vor mich hin und schaute mir tief in die Augen, während sie mein steifes Glied mit ihrem Schmollmund umschloss und ihn schmatzend lutschte.

Lisa verstand es, mich um den Verstand zu bringen. Ich hielt es kaum noch aus. Ich musste zum Höhepunkt kommen, wollte sie aber ebenfalls befriedigen. „Leg dich wieder auf den Tisch", forderte ich sie deshalb auf.

Sie gehorchte und legte sich mit weit geöffneten Beinen auf die Tischplatte zurück.

Der Blick auf ihre nasse Möse war wie ein Geschenk. Ich zog sie an ihren Beinen wieder etwas weiter zu Tischkante, um besser in sie eindringen zu können. Doch vorher erlaubte ich mir noch, einmal langsam und genüsslich durch ihren Schlitz zu züngeln. Dann war ich soweit, ich prügelte mein Ding regelrecht in sie hinein.

Lisa legte ihre Beine über meine Schultern, damit ich sie noch tiefer befriedigen konnte. Dann kam sie auch schon. Ihre Muschi zog sich zuckend zusammen und schnürte meinen Penis noch fester ein. Das war ein unglaubliches stimulierendes Gefühl für mich. Ich war wie in Trance und verlangsamte das Tempo, um diese Enge bewusst spüren und mich ganz entspannt in Lisa ergießen zu können. Anschließend ließ ich mich auf den Stuhl zurückfallen und schaute dabei zu, wie meine Samen aus ihrer Ritze flossen.

Nicht anders zu erwarten, stand Lisa sofort auf, wischte mit einem Taschentuch die Körperflüssigkeiten weg, zog ihren Rock herunter und stöckelte zur Tür.

„Ach so, jetzt verschwindest du einfach wieder, oder was?", rief ich ihr wütend hinterher.

„Willst du etwa noch ein Nachspiel?", fragte sie ironisch.

„Ne, aber wäre ja mal interessant zu wissen, wer du bist und was du studierst."

„Süßer, ich hab dir doch gestern schon gesagt, dass du zu viele Fragen stellst. Ich bin Lisa, das muss reichen." Sie ging und ich schlug mit einem „Verdammt" meine Faust auf den Tisch. So ging es nicht weiter, ich musste sie besitzen oder abhaken. So hielt ich es nicht länger aus.

Gedankenversunken schlenderte ich zu Fuß nach Hause. Ich brauchte frische Luft.

Martin war schon zu Hause. „Hey, Mann, wo warst du denn noch so lange?", begrüßte er mich. „Ich bin schon seit einer halben Stunde wieder zurück. Ist was passiert? Du siehst irgendwie fertig aus."

Nun saß ich in der Falle. Ich konnte und wollte meinen Sex mit Lisa nicht länger vor Martin verheimlichen. Und anlügen wollte ich ihn schon gar nicht. „OK, ich sag` dir jetzt, was in letzter Zeit mit mir los ist. Aber versprich mir bitte, dass du es wirklich für dich behältst!"

„Mensch, Arne, hab` ich je irgendwann mal was weiter getratscht?"

„Ich ficke Lisa", antwortete ich direkt. Mehr sagte ich nicht. Ich wollte erst einmal abwarten, wie Martin darauf reagieren würde. Denn ich und Frauen, ich und Sex, das war ein heikles und seltenes Thema bei uns. Frauen und Sex im Allgemeinen. Martin war zwar nicht so ein Aufreißer wie David und sah auf den ersten Blick vielleicht auch nicht wie ein typischer Frauenschwarm aus, versprühte aber dennoch einen gewissen Charme, auf den Frauen hin und wieder abfuhren. Doch gesprochen wurde darüber nur oberflächlich. Der

Grund war sicherlich, dass mich Martin mit seinen Frauengeschichten nicht neidisch machen wollte.

Martin versuchte locker zu bleiben und nicht zu überrascht zu wirken. „Ja, und was ist mit dieser Lisa? Wer ist die überhaupt?"

„Jetzt halt dich fest! Ich weiß, du glaubst mir jetzt wahrscheinlich nicht, aber es ist diese neue sexy Studentin, die neulich zum ersten Mal in der Vorlesung war. Frag bitte nicht nach Details!"

Jetzt konnte Martin seine Erstauntheit nicht mehr zurückhalten. „Du meinst die mit den blonden Locken?"

„Genau die."

Martin holte tief Luft. Nachdenklich musterte er mich.

Das irritierte mich. „Was ist?", fragte ich nervös.

„Ich kenne die", antwortete er trocken.

„Waaas? Woher das denn?" Ich war verdutzt. Hatte sich Lisa Martin etwa auch schon geschnappt?

„Komm mit in die Küche. Ich erzähl`s dir."

In der Küche setzten wir uns an den Küchentisch und Martin begann: „Die heißt nicht Lisa. Naja, ihren richtigen Namen weiß ich eigentlich auch nicht. Mir sagte sie jedenfalls, sie sei Anna." Martin blickte mir in die Augen.

„Und? Weiter?"

„Ich kenne sie von damals, als ich noch Tischtennis gespielt habe. Sie war bei einigen Turnieren Zuschauerin. Mir fiel sie natürlich gleich auf. Ist ja klar." Martin lachte kurz auf. „Na ja, und irgendwann fing sie mich nach einem Turnier draußen vor der Halle ab. Und so begann es." Er presste seine Lippen aufeinander und zog die Augenbrauen hoch. Dann: „Hak die ab, Arne, die will nichts Ernstes von Dir. Die will nur ihre Sexsucht stillen und dich von ihr abhängig machen. Du kannst dich bald auf nichts anderes mehr konzentrieren und hast nur noch sie im Kopf. Ich kenn` das."

Ich merkte, dass Martin das Thema schnell beenden wollte. Doch ich war neugierig. „Was lief denn genau zwischen dir und Lisa, äh, Anna?"

„Sie fing mich anfangs nur nach den Turnieren ab. Du weißt ja, die Turniere waren immer am Wochenende. Wir trieben es im Wald nebenan oder in der Umkleidekabine, wenn keiner mehr da war. Ich wollte ihre Handynummer, Adresse, irgendwas, aber sie rückte mit nichts raus. Du kannst dir vielleicht vorstellen, wie ich mich auf die Wochenenden gefreut habe." Martin schien nicht weiterreden zu wollen.

„Du sagtest anfangs. Was war später?"

„Sie fragte mich, wann ich unter der Woche trainieren würde, und ich sagte montags und donnerstags. Dann kam sie auch diesen Tagen. Ich wollte sie dann bald jeden Tag sehen. Mann, ich hab's dir ja gesagt, du wirst süchtig nach ihr."

„Und wollte sie dich auch jeden Tag sehen?"

„Ich sagte, wenn sie mich auch an den anderen Tage sehe wolle, könnte sie zu mir kommen. Erst ging sie darauf nicht ein, dann kam sie einmal zu mir und wir haben die ganze Nach gepoppt. Ich sag' dir, ich war fix und fertig. Die kann echt nicht genug bekommen, die ist sexgeil. Ich merkte irgendwann, dass ich nur noch darauf fixiert war, sie zu treffen, alles andere wurde unwichtig. Ich musste von ihr loskommen und hab' ihr klargemacht, dass ich sie nicht mehr sehen will. Die ersten zwei Wochen versuchte sie es trotzdem immer wieder. Dann hatte sie's wohl endlich geschnallt und ließ mich in Ruhe."

Wir schwiegen eine Weile.

Dann fuhr Martin ernst fort: „Arne, Anna hat mich hier an der Uni wieder aufgesucht, und zwar schon eine Woche, bevor sie im Vorlesungssaal aufgetaucht war. Ich weiß nicht, woher sie weiß, dass ich hier studiere. Aber im Internet findet man ja alle. Ich hab' ihr gesagt, dass sie mich nicht mehr interessiert und mich in Ruhe lassen soll. Sie schien es sofort verstanden zu haben. Ich habe mich aber gewundert, was sie hier noch macht. Jetzt ist es mir klar. Arne, ich glaube, die will mich mit dir eifersüchtig machen. Wahrscheinlich denkt sie, dass du mir von euch schon längst erzählt hast. Das ist echt ein Miststück. Gib ihr eine Abfuhr. Die muss hier verschwinden."

Darauf ging ich nicht ein. Ich sagte nur emotionslos: „David hat sie auch gepoppt."

„Siehst du, die hat einen Knall."

Gern hätte ich erfahren, wie es zwischen Martin und Lisa alias Anna sexuell abgelaufen war. Aber das ging zu weit. Außerdem sollte es mich jetzt sowieso nicht mehr interessieren, denn Martin hatte völlig Recht, ich musste sie loswerden, bevor ich völlig von ihr abhängig wurde.

Am nächsten Abend blieb ich wieder als Letzter im Projektraum zurück. Nicht, weil ich fleißig weiterarbeitete, sondern weil ich bewusst auf Lisa wartete. Ich plante, sie auf Martin anzusprechen. Und wenn es tatsächlich so war, dass sie Martin mit mir eifersüchtig machen wollte, würde sie sich ertappt fühlen und auf dem Absatz kehrt machen. Dann wäre ich sie los. Soweit mein Plan.

Ich war mir sicher, dass Lisa kommen würde. Und sie kam.

Ihr Anblick war atemberaubend, als sie hereinstolzierte. Doch ich versuchte, mein Verlangen zu unterdrücken.

Sie sagte nichts, tänzelte nur verführerisch vor mir herum, während sie sich ihr figurbetontes T-Shirt über den Kopf zog. Da sie keinen BH trug, entblößten sich ihre nackten Brüste vor mir.

Sie machte es mir wirklich nicht einfach, aber ich musste hart bleiben. „Anna", ich sprach sie absichtlich mit diesem Namen an, "ich weiß, dass du was mit Martin hattest."

Lisa stoppte. „Ja und? Durfte ich das nicht?"

Ich kam zur Sache: „Du benutzt mich, um ihn eifersüchtig zu machen. Das kannst du dir in Zukunft sparen. Er will definitiv nichts mehr von dir, und ihm ist es scheißegal, ob du mit mir poppst oder nicht."

„Und mir ist Martin scheißegal. Ich will nur dich." Lisa tänzelte weiter vor mir herum.

„Und warum hast du Martin dann hier an der Uni wieder aufgesucht?"

„OK, jetzt reichst." Sie hob ihr T-Shirt auf, zog es sich wieder über und flüchtete zur Tür. Dort drehte sich sie um. „Hör mal. Ja, ich habe nach Martin gesucht und ihn hier auch gefunden. OK, er hat mich abgewiesen. OK, ich wollte Martin mit dir ärgern. Aber nach unserem ersten Fick war mir Martin völlig egal. Aber weißt du was? Wenn du ständig alles geklärt haben willst, dann rechne doch an deinen langweiligen Formeln weiter!" Sie drückte die Klinke hinunter.

„Anna-Lisa-Schießmichtot kann auch mehr als einen Satz sprechen, Applaus." Ich klatschte in Zeitlupe in die Hände. Auf meinem Gesicht lag ein breites Grinsen.

Mit so einer Reaktion von mir hatte sie wohl nicht gerechnet. Ich war zufrieden. Bisher war alles so gelaufen, wie ich es geplant hatte. Bisher. Mich wurmte nur eine Sache. Lisa sagte, sie wäre seit unserem ersten Sex nicht mehr an Martin interessiert. Ich konnte sie anscheinend befriedigen. Diese Tatsache sollte mir jetzt aber eigentlich egal sein, denn ich wollte mich von ihr lösen. Es sollte eigentlich auch keine Rolle mehr spielen, ob sie mich nur benutzt hatte, um Martin eifersüchtig zu machen oder um ihre Sexsucht zu stillen. Aber sie war einfach zu verführerisch.

„Jetzt hat man dir einmal gesagt, dass du einen dickeren und längeren Schwanz hast als David und schon wirst du arrogant."

Das hatte gesessen. Mein Grinsen und Klatschen erstarb. Ich konterte aber sofort und machte meinen Plan damit zunichte: „Und wenn du jetzt gehst, wer soll dich dann heute noch ficken? Wenn ich tatsächlich so einen dicken, langen Schwanz habe, dürftest du dem doch jetzt nicht widerstehen können, oder?" Ich schmunzelte.

Damit hatte ich sie gefangen. Sie ließ die Türklinke los und kam auf mich zu. Ich war gespannt, was sie nun mit mir anstellen wollte. Ich schwor mir, dass es das letzte Mal sein sollte. Und bei diesem letzten Mal wollte ich ihr zeigen, wer hier als Sieger rausgeht.

Lisa stellte sich breitbeinig vor mich hin und zog ihren Rock hastig hoch. Leicht gewölbt lugten ihre Schamlippen hervor.

Mein Glied wurde sofort steif und drückte gegen die Jeans. In diesem Moment wurde ich schwach und bezweifelte, jemals von Lisa loskommen zu können.

„Leck sie", hörte ich Lisas Stimme kühl sagen.

Nun gab sie wieder den Ton an! Dabei wollte ich doch bestimmen, wie das letzte Mal abläuft! Aber der Akt hatte ja erst begonnen. Es war also noch alles möglich. Und so ging ich in die Hocke und ließ ich meine Zunge durch ihren Schlitz langsam vor und zurück gleiten.

Lisas Atemzüge wurden hörbar schneller.

Heute würde ich sie zappeln lassen. Sie sollte betteln. Daher umkreiste ich mit meiner Zunge immer wieder ihren Kitzler und ließ sie immer wieder durch ihren Schlitz gleiten. Lisas Saft lief auf meine Zunge und ich wunderte mich, dass sie mittlerweile nicht schon nach mehr bettelte.

Doch dann stöhnte sie atemlos: „Steck deinen Schwanz rein."

Jetzt hatte ich sie langsam soweit, aber es reichte mir noch nicht. Daher gehorchte ich ihr nicht und fuhr mit meiner Zunge weiter durch ihren Schlitz.

Dann endlich das Betteln: „Bitte tue es jetzt! Steck ihn endlich rein, ich halte es nicht mehr länger aus!"

Ich grinste innerlich, obwohl ich mich selbst schwer beherrschen konnte, sie nicht einfach auf den Tisch zu schmeißen und in wenigen Sekunden durchzuknallen.

Lisa wurde ungeduldig. Sie ging jetzt ebenfalls in die Hocke und begann, nervös an meinem Hosenknopf zu nesteln.

Das gefiel mir gar nicht, denn ich war noch nicht fertig mit ihrer Muschi. Ich löste ihre Hände von meiner Hosenöffnung, rieb meine Finger forsch an ihrem Kitzler und steckte dann zwei von ihnen in ihr feuchtwarmes Inneres.

Das schien Lisa zu gefallen. Mir ihren Nägeln krallte sie sich in meinen Oberarmen fest.

Mein Glied pochte. Ich wusste, dass ich es nicht mehr lange aushalten würde. Während ich sie weiterfingerte, öffnete ich daher mit meiner anderen Hand meine Hose und holte meinen Schwanz hervor.

Ich stand auf, zog Lisa mit mir hoch und legte meine Latte zwischen ihre gespreizten Beine, um sie an ihren Schamlippen zu reiben. Dann widmete ich mich ihren Brustwarzen, die sich durch den Stoff ihres T-Shirts abzeichneten. Mit einem Schwung streifte ich es über ihren Kopf und saugte genüsslich an ihren Nippeln.

Das brachte Lisa um den Verstand. „Fick mich jetzt endlich!", schrie sie wütend, umfasste meinen harten Penis mit ihrer linken Hand und versuchte, ihn in ihr Loch zu schieben.

Ich hielt ihr Handgelenk fest und löste ihre Hand von meinem Glied. „Heute bestimme ich, wann und wie. Mein kleiner Freund gehört immer noch mir", flüsterte ich ihr streng durch ihre Locken ins Ohr.

Ein schmerzvolles Jammern kam aus ihrer Kehle: „Du willst dich rächen, du Schwein."

Ich konnte meiner Erregung kaum noch Stand halten, aber ich zwang mich zur Kontrolle und knabberte weiter an ihren Brustwarzen, während ich mein Glied weiter zwischen ihren Schamlippen rieb.

„Du quälst mich", quengelte Lisa weiter.

Das wollte ich höre. So schnell es ging, schob ich meinen Schwanz nun in ihre tropfnasse Muschi.

Lisa schrie lustvoll auf.

Doch mein Plan war nicht, in ihrer Vagina kommen. Ich wollte nur noch einmal Lisas warme Scheide an meinem Penis spüren, um sie anschließend so richtig abzuservieren, damit sie hoffentlich nie wieder das Bedürfnis bekam, mich aufzusuchen. Sonst würde ich ihr immer und immer wieder verfallen. Das wusste ich.

Da ich kurz vor dem Höhepunkt stand, schob ich mein Glied nun im Zeitlupentempo in ihre Vagina und zog es ebenso langsam wieder heraus, um es nicht zu stark zu stimulieren.

„Schneller", jaulte Lisa.

Ich erhöhte das Tempo etwas.

„Noch schneller", stöhnte Lisa jetzt lauter.

Aber mir war klar, dass sie, und auch ich, dann kommen würden. Den Orgasmus wollte ich Lisa heute aber verwehren. Sie brauchte einen Denkzettel. Daher zog ich mein Glied aus ihrer Möse.

Sofort protestierte Lisa: „Was soll das? Ich bin noch nicht gekommen!"

Es törnte mich an, sie so wütend und erregt zugleich zu sehen. Das hatte etwas Wildes. „Ich möchte, dass du ihn lutscht", antwortete ich so gefasst wie möglich. „Dann bekommst du, was du verdienst", schob ich noch nach.

Das ließ sich Lisa nicht zweimal sagen. Sie ging auf ihre Knie hinunter und führte meinen, mit ihrem Saft benetzten, Penis in ihren knallrot geschminkten Schmollmund ein. Ihr eigener Saft lief ihr dabei an den Mundwinkeln hinunter.

Der Anblick erregte mich so stark, dass ich den Rhythmus nun selbst übernahm und meine Latte in kurzen, harten Stößen in ihren Mund stieß. Noch bevor sich Lisa beschweren konnte, ejakulierte ich. Es war ein unglaublich gutes Gefühl.

Lisa zog meinen Schwanz sofort aus ihrem Mund. Dabei spritzte noch restliche Samenflüssigkeit auf ihre linke Wange. Genau das hatte sie verdient. Nicht mehr, nicht weniger.

Geschockt blieb Lisa auf ihren Knien sitzen und schaute mich ungläubig an. Als sie sich wieder etwas gefasst hatte, beschimpfte sie mich: „Du bist das größte Arschloch, was ich je getroffen habe." Dann stand sie auf, zupfte ihren Rock zurecht und zog sich das T-Shirt über.

„Wenn du willst, kann ich es dir ja auch oral besorgen?" Ich versuchte, so ernst wie möglich zu klingen.

„Du bist echt ein Looser", keifte sie und stampfte zur Tür.

„Vielleicht ist David ja noch da!", rief ich ihr hinterher.

„Fick dich", hörte ich sie noch vom Gang herrufen, kurz bevor die Tür zufiel.

Ich hatte geschafft! Die kurzfristige Änderung meines Plans war besser gewesen als der Ursprüngliche. Ich hatte sie noch einmal gefickt, und zwar in ihren süßen Schmollmund, und sie war leerausgegangen. Mir war es egal, ob sie dachte, dass ich mich bei ihr rächen wollte oder dass ich nicht in der Lage war, mit dem Abspritzen zu warten, bis sie gekommen war. Ich war mir jedenfalls sicher, dass sie mir nicht mehr über den Weg laufen würde. Trotzdem war ich Lisa für die drei Sexakte dankbar, denn der Sex mit ihr hatte mich selbstbewusster gemacht. Nicht nur in sexuellen Dingen, auch im alltäglichen Leben. Allerdings lag das nicht nur am Sex an sich, sondern auch daran, dass ich nun wusste, dass ich einen großen und dicken Schwanz habe und Frauen befriedigen kann. Grins.

5. Gurken und Bananen

„Mist", fluchte Maggy. Sie hatte keine Gurken und Bananen zum Masturbieren mehr. Zu dumm, dass sie vor ein paar Stunden ihren Wochenendeinkauf bereits gemacht hatte. Nun musste Maggy also noch einmal hinunter zum Supermarkt. Doch als sie ihre Jacke anzog, hielt sie kurz inne. Was sollten die Kassiererin und die anderen Leute bloß von ihr denken, die mit ihr an der Kasse standen? Nur eine Gurke und ein paar Bananen auf dem Laufband waren ja mehr als offensichtlich. Und wenn sie so richtig Pech hatte, würde sie ein ganz hemmungsloser Typ lauthals mit einem ganz lustigen Witz auf ihren Einkauf ansprechen. Und dann würden sich an der Kasse alle nach ihr umdrehen. Nein, sie würde noch Quark und Kräuterquark dazukaufen. Kräuterquark als Dip für die Gurke und den Quark zum Anrühren eines Bananenquarks. Das sah logisch aus. Ja, so würde sie es machen. Vielleicht sollte sie langsam doch mal an den Kauf eines Dildos oder Vibrators denken.

Am Gemüsestand im Supermarkt konnte sich Maggy nicht so richtig für eine Gurke entscheiden. Die passenden Bananen waren schnell gefunden. Doch mit den Gurken gestaltete sich das etwas schwieriger. Nahm sie die Dickere, die gerade so eben in ihre Scheide passte oder eine etwas Dünnere? Zwei Gurken zu kaufen, wäre ihr zu peinlich gewesen.

„Ich würde die Dickere nehmen. Da bekommst du mehr für den gleichen Preis."

Erschrocken blickte Maggy nach rechts. Neben ihr, bei den Tomaten, stand ein Typ und zwinkerte ihr zu. Nun war Maggy klar, dass er sie die ganze Zeit beobachtet hatte. Wie peinlich! Schnell entschied sie sich für die dicke Gurke, denn in letzter Zeit törnte es sie an, wenn sie leichte Schmerzen beim Einführen hatte und die Scheide so richtig schön gespannt wurde.

Gerade wollte sie sich umdrehen und zu den Milchprodukten gehen, da sprach der Typ sie wieder an: „Wenn du mal eine echte Gurke brauchst, hier meine Telefonnummer."

Maggy sah auf einen kleinen weißen Zettel mit Zahlen. Hatte er sie das eben wirklich gefragt oder hatte sie da was falsch verstanden? Sie schaute zu ihm hoch und blickte geradewegs in stahlblaue Augen. Maggy wurde leicht schwindelig.

„Etwas Echtes ist doch immer besser als ein schlechtes Imitat, oder?" Er zwinkerte ihr wieder zu.

Hastig fuhr Maggy herum, aber es war sonst niemand in der Gemüse- und Obstabteilung, der etwas hätte mitbekommen können. „Ähm ja." Maggy nahm ihm den Zettel geistesabwesend ab und steckte ihn in ihre Jackentasche. „Mal schauen." Sie drehte ihm ruckartig den Rücken zu und marschierte schnellen Schrittes zur Kasse. Maggy war so verwirrt, dass sie die beiden Quark-Packungen völlig vergaß. Sie wollte nur so schnell wie möglich den Supermarkt verlassen.

An der Kasse achtete Maggy nicht auf eventuell vielsagende Blicke der Kassiererin und der anderen Kunden an der Kasse, denn sie war gedanklich zu sehr damit beschäftigt, was ihr eben am Gemüsestand widerfahren war. Sie hoffte, der Typ würde sie nicht verfolgen. Maggy drehte sich daher auf dem Nachhauseweg vorsichtshalber immer wieder um. Doch er war nirgendwo zu sehen.

Als sie zu Hause angekommen war, hatte sie keine Lust mehr zu masturbieren. Sie musste die Situation erst einmal verdauen. Der Typ hatte sie doch tatsächlich um ein Date zum Vögeln gebeten! Zwar hatte er es sehr diskret ausgedrückt, das musste man ihm lassen. Ein „Willst du ficken, hier meine Nummer", wäre sicher nicht so charmant rübergekommen. Aber war seine Art und Weise denn charmanter? War es nicht schlicht unerhört, dass er sie so ansprach? Oder passte es nur nicht zu ihren anerzogenen Normen? War sie einfach zu verklemmt? Maggy konnte die Begegnung nicht einordnen. Sie kam zu dem Schluss, dass er das Thema Sex eigentlich mit Witz angesprochen hatte. Aber dann fragte sie sich, ob er sie vielleicht schon die vorherigen Male im Supermarkt bemerkt hatte, wie sie wählerisch die Gurken und Bananen auswählte? Maggy stieg vor Scham die Röte ins Gesicht. Sie würde nie wieder in den Supermarkt gehen können. Schade, er lag so nah an ihrer Wohnung.

Maggy blickte zu den gerade eingekauften Bananen und der Gurke. Sie würde sich nie wieder mit Gurken und Bananen selbstbefriedigen können, ohne an den Typ und die Situation im Supermarkt denken zu müssen. Er hatte ihr das Masturbieren gänzlich verdorben. Was sollte sie nun tun? Ihn anrufen? Das konnte ihr doch nun wirklich nicht in den Sinn kommen! Und heute schon gar nicht! Wie notgeil würde sie denn vor ihm dastehen!

Maggy schob die Gedanken beiseite. Sie musste sich erst einmal entspannen. Bei einem Bad konnte sie das immer am besten. Also stellte sie Teelichter im Badezimmer auf, ließ das Wasser in die Badewanne laufen und goss großzügig Badeöl hinein. Bevor sie in die halbgefüllte Badewanne stieg, stellte sie noch ruhige Musik an.

Kurze Zeit später war die Wanne voll. Maggy drehte den Wasserhahn zu und lauschte den Liedern. Langsam entspannte sie sich.

Leider schlich sich nach wenigen Minuten die Situation im Supermarkt wieder in ihre Gedanken. Doch Maggy ließ es ohne Bewertung geschehen und sah diese stahlblauen Augen wieder vor sich. Sie stellte sich vor wie der Typ sich zu ihr herunter beugte und mit seiner Zunge fordernd in ihren Mund eindrang. Sie züngelten wild und ausgelassen vor dem Gemüsestand, während er ihr die Hose öffnete und seine Finger grob an ihrem Kitzler rieb.

Maggys Puls raste, ihre Schamlippen pulsierten. Mit einem Satz war sie aus der Badewanne gesprungen, rannte in die Küche, schnappte sich die Gurke und ließ sich wieder ins Wasser gleiten. Mit den Fingern der linken Hand spreizte Maggy ihre Schamlippen auseinander und versuchte mit der rechten Hand die Gurke in ihr Loch zu schieben. Aber im Liegen klappte es nicht, die Gurke war einfach zu dick. Das erregte Maggy noch mehr. Sie musste es anders versuchen, und so drückte sie die Gurke mit der rechten Hand auf den Badewannenboden und hielt weiterhin mit den Fingern der linken Hand ihre Schamlippen gespreizt. Dann ließ sie die Spitze der Gurke in ihrem

Scheideneingang kreisen. Doch sie wollte spüren, wie die Gurke ihre Muschi dehnte. Daher drückte sie ihr Becken vorsichtig immer tiefer, so dass die Gurke weiter in sie eindrang. In ihrer Scheide zog und pikste es leicht, was Maggy sehr stimulierend fand. Auch der Anblick ihrer von der dicken Gurke gespannten Schamlippen törnte Maggy wahnsinnig an.

Sie ritt auf der Gurke auf und ab, so gut es mit dem breiten Durchmesser ging, und kehrte mit ihren Fantasien zu dem Mann im Supermarkt zurück. Seine Finger glitten von ihrem Kitzler zu ihrem nassen Schlitz. Zwei Finger drangen stoßweise immer wieder in sie ein. Dann nahm er eine Gurke aus dem Regal und drückte sie bohrend in ihre Vulva.

Maggy ritt in der Badewanne nun schneller auf der Gurke, ungeachtet der leichten Schmerzen, die sie an der Scheidenwand spürte. Aber das war ihr egal, denn sie war so geil, dass sich Stimulation und Schmerz vermischten. Der folgende Orgasmus erlöste Maggy, sie war wie berauscht. Kraftlos sank sie in die Wanne zurück und zog die Gurke aus ihrer Vagina. Sie fühlte sich gedehnt, aber befriedigt an. Maggy schüttelte den Kopf. Hatte sie den Typ aus dem Supermarkt doch tatsächlich in ihre Fantasien mit eingebunden! Es half nichts. Sie musste ihn morgen anrufen.

Es war Sonntag. Um 10 Uhr wachte Maggy auf. Sie schwang sich ihren Bademantel über, schlenderte in die Küche und bereitete ihr allmorgendliches Müsli zu. Sie nahm es mit ins Wohnzimmer, schaltete den Fernseher ein und machte es sich auf der Couch bequem. Es lief ein Reisebericht über Mallorca. Doch Maggy merkte wie unkonzentriert sie war, weil sie ständig an den Typ aus dem Supermarkt denken musste. Sie hatte sich vorgenommen, ihn heute anrufen. Doch wie sollte sie sich melden? Was sollte sie sagen? „Hallo, ich bin's, die aus dem Supermarkt mit der Gurke?" Maggy fand das lächerlich. Vor allem, weil sie nicht so wirken wollte, als ob sie dringend einen Stecher benötigte. Aber genau so war es. Sie hatte schon lange keinen „echten" Sex mehr gehabt und war unglaublich heiß darauf.

Und nun würde ein Anruf genügen und sie könnte es einfach so besorgt bekommen. Eigentlich kam der Typ wie gerufen. Außerdem war Maggy gespannt auf seine Gurke. Ihr kamen seine Worte wieder in den Sinn: „Wenn Sie mal eine echte Gurke wollen…" Benutzte er das Wort Gurke nur so zum Scherz, weil sie im Supermarkt gerade mit den Gurken beschäftigt war? Oder war sein Penis wirklich so groß wie eine Gurke? Maggy war ernsthaft neugierig, wie sein bestes Stück nun tatsächlich aussah. Sie musste ihn jetzt anrufen. Sie stellte ihr Müsli beiseite und griff zu ihrem Handy. Die Telefonnummer lag schon parat auf dem Wohnzimmertisch. Maggy tippte die Nummern ein. Nach zweimal Klingeln meldete er sich mit: „Hallo?"

„Hi, hier ist Maggy. Du hattest mir gestern im Supermarkt deine Nummer zugesteckt."

„Ja klar erinnere ich mich. Die Dame mit der Gurke." Er lachte etwas.

Maggy wäre gern im Erdboden versunken. Aber er sah es wohl lockerer als sie. Also, kein Grund zur Scham. „Ja, genau die."

„Hast du Lust heute?", fragte er direkt.

Maggy stellte sich dumm: „Worauf?"

„Naja, worauf wohl? Warum rufst du denn an? Zum Gurkenzählen etwa?" Er lachte auf.

Maggy wurde es langsam zu blöd. Warum hatte sie ihn bloß angerufen? Oder stellte sie sich einfach zu prüde an? „Ne, ich wollte fragen, ob wir uns heute vielleicht treffen wollen?"

„Das meinte ich doch! Jetzt gleich?", kam es wie aus der Pistole geschossen.

„Jetzt gleich? Äh…"

„Naja, so in einer Stunde vielleicht? Welche Straße wohnst du denn?"

Er hatte sie also nicht verfolgt. „Meiersdorfer Str. 10."

„Und dein Name?"

„Maggy Rüders."

„OK, Maggy. Dann in einer Stunde bei dir. Ist das OK?"

„Ja, geht in Ordnung."

„Ach, da ist noch eine Sache. Ich würde gern einen Kumpel mitbringen."

„Sorry, aber das geht zu weit."

„Hey, warte. Ich sagte doch, dass ich ein Ding wie eine Gurke habe, mein Kumpel wäre da eher der Bananentyp."

„Verarschen kann ich mich auch selber. Tschüss." Maggy wollte gerade auflegen, da rief er ins Telefon: „Maggy! Bleib dran, warte. Ich will dich nicht verarschen. Bleib doch mal locker. Ich meine, du hast doch Gurken und Bananen gekauft. Ist doch klar, wozu du die unter anderem benutzt. Mein Kumpel und ich sind das halt in echt. Verstehst du?"

„Und wie kann ich euch trauen?"

„Vertrau uns einfach, wir sind Profis."

„Ach, zieht ihr öfter so eine Masche ab, oder was?"

„Was heißt hier Masche. Erstens trifft man nicht immer auf so süße Mädels wie dich und zweitens sind die Ansprechsituationen nicht immer optimal, um auf das Thema Sex zu sprechen zu kommen. Aber ich bin ehrlich. Wir schauen schon gezielt nach solchen Situationen und Mädels. Es geht echt nur um Sex, mehr nicht, damit wir uns nicht falsch verstehen."

„Ne, ist klar, dann bis in einer Stunde, bring deinen Kumpel mit." Maggy legte auf. „Bring deinen Kumpel mit". Hatte sie das wirklich gesagt? War sie jetzt völlig übergeschnappt? Das hieß Sex mit zwei Kerlen! Na, Herzlichen Glückwunsch!

Schnell schlang Maggy das restliche Müsli herunter, putzte ihre Zähne, duschte kurz und schminkte sich etwas. Gut, dass sie lange Haare hatte, da reichte ein paar Mal durchkämmen. Den Bademantel ließ sie an. Anschließend räumte sie noch ein wenig auf.

Die letzte halbe Stunde fühlte sich für Maggy wie eine Ewigkeit an. Würden die beiden überhaupt vorbeikommen?

Ein Klingeln riss sie aus ihren Gedanken. Das mussten sie sein! Maggy nahm den Hörer der Gegensprechanlage ab und fragte: „Hallo?"

„Ja, wir sind`s, Mark und Tobias."

Maggy fiel auf, dass der Typ seinen Namen bisher noch gar nicht genannt hatte. War er nun aber Mark oder Tobias? Sie würde es gleich erfahren. Maggy drückte den Türöffner.

Die beiden hatten den zweiten Stock, in dem Maggy wohnte, schnell erreicht. Durch den Spion sah sie die beiden die letzten Stufen hochkommen. Sie erkannte den Typ aus dem Supermarkt sofort an seinen blauen Augen. Ihr war gar nicht aufgefallen, wie muskulös er war. Sein Freund dagegen war sehr schlank gebaut, aber nicht minder attraktiv. Sie klingelten nochmal. Maggy zögerte ein paar Sekunden, atmete noch einmal tief durch und öffnete dann die Tür.

„Hi", sagten alle gleichzeitig.

Maggy ließ die beiden rein. „Wer von Euch ist denn nun wer?"

Der Typ aus dem Supermarkt stellte sich als Mark vor, der andere als Tobias.

Maggy wusste nicht, wie es weiter gehen sollte. Um die kurze Stille zu unterbrechen, fragte sie: „Wollt ihr was trinken? Ich habe Sekt kalt gestellt. Ich dachte, das passt gut."

„Ja, gern!", antwortete Mark.

Sie gingen in die Küche und Mark öffnete gekonnt die Sektflasche. Dabei zeichneten sich seine angespannten Muskeln durch sein enges, langärmeliges Shirt ab. Maggy freute sich schon darauf, ihn nackt zu sehen. Ihr war die Situation überhaupt nicht mehr unangenehm, denn für die beiden Männer schien das alles normal zu sein. Außerdem waren sie nett und attraktiv.

Mark schenkte den Sekt ein. „Auf den heutigen Tag", sagte er und alle stießen an.

Schon nach dem ersten Schluck fuhr Tobias mit einer Hand unter Maggys Haare und streichelte ihren Nacken. Maggy lächelte dabei Mark an, und dann war es wie in ihrer Fantasie. Er stellte sein Glas ab und kam mit seinem Gesicht dichter an ihres. Maggy öffnete ihren Mund leicht. Diese Gelegenheit nutzte Mark sofort. Sanft legte er seine Lippen auf ihre und begann mit seiner Zunge ihre zu umspielen. Maggy machte mit. Dabei vergaß sie fast Tobias, der ihren knackigen

Pobacken massierte und hin und wieder von hinten einen Finger durch ihre feuchte Ritze gleiten ließ.

Nun löste Mark den Gürtel ihres Bademantels, streifte den Mantel über ihre Schultern und ließ ihn zu Boden gleiten. Maggys runde, apfelgroße Brüste entblößten sich vor Mark. Ihre Brustwarzen waren noch flach. Doch Mark kümmerte sich darum, sie hart zu bekommen. Er kreiste mit seiner Zunge um ihre Knospen und saugte zart an ihnen. Dann streckte er seinen Kopf leicht zurück, um ihre Busen zu betrachten. „Du hast wirklich schöne Brüste", sagte er und massierte sie kräftig.

Tobias stimulierte weiterhin Maggys Muschi. Er hatte sich hinter sie gehockt und ihre Beine etwas auseinander gedrückt, um ihren laufenden Saft von den Innenschenkeln abzulecken. Es kitzelte Maggy ein wenig, doch noch mehr erregte sie es.

Plötzlich packte Mark seine Hand an Maggys Hinterkopf und drückte ihr Gesicht seinem entgegen. Fordernder und härter stieß er nun mit seiner Zunge erneut in ihren Mund. Mit der anderen Hand knetete er abwechselnd heftig ihre Brüste.

Ja, so wollte Maggy es. Dies war besser als in ihren Fantasien.

Sie hörte, wie Tobias sich ein Kondom überstreifte. Sie hatte gar nicht mitbekommen, dass er sich ausgezogen hatte. Sie wünschte sich aber, von Mark gevögelt zu werden, und so fragte sie ihn: „Was ist mit dir? Zeig mir deine Gurke!" Maggy lächelte ihn aus glasigen Augen an.

„Du kannst es gar nicht erwarten, was?" erwiderte Mark. „Ich hol` mal eben das Kondom aus meiner Jackentasche." Mark verschwand im Flur.

Derweil stützte sich Maggy mit ihren Unterarmen auf dem Bistrotisch ab und streckte Tobias auffordernd ihr Hinterteil entgegen. Gezielt drang Tobias in ihre Vulva ein und hielt sich an ihren Brüsten fest, um noch fester zustoßen zu können. Bei jedem Eindringen ertönte ein schmatzendes Geräusch. Das geilte Maggy nur noch mehr auf. Sie glaubte, noch nie so feucht gewesen zu sein.

Mark kam ausgezogen und mit übergestreiftem Kondom zurück. Maggy betrachtete seinen durchtrainierten Körper und sein wahnsinnig dickes Ding. Er hatte tatsächlich eine Gurke gemeint, schoss es ihr durch den Kopf.

„Euch hört man ja bis in den Flur!", lachte Mark Maggy entgegen. Maggy war so in Ekstase, dass sie nicht antworten konnte. Wie in Trance ging sie Mark entgegen, Tobias Schwanz flutschte dabei aus ihrer Möse. Sie schlang ein Bein um Marks Becken und führte seinen Schwanz in ihre Muschi ein. Obwohl er sehr dick war, hatte ihre Vagina keine Schwierigkeiten ihn aufzunehmen, denn sie war klitschnass. Es folgten ein paar kurze, heftige Stöße, die Maggy fast den Verstand raubten. Dann ließ Mark von ihr ab. Unvermittelt drang nun Tobias wieder von hinten in ihre Vulva ein. Maggy gefiel Marks Schwanz aber besser. Sie wollte, dass er allein es ihr besorgte. Doch es kam besser.

„Stell dich gerade und breitbeinig hin", befahl Mark.

Maggy gehorchte und Mark stellte sich so dicht vor sie, dass nur noch ein Finger zwischen ihre Körper passte. Hinter ihr stand Tobias ebenso dicht.

„Nun kommt unsere Spezialität. Ich hoffe, dir gefällt es." Umgehend stieß Mark seinen Penis in Maggys nasse Fotze und zog ihn wieder raus. In dem Moment drang Tobias von hinten in ihre Muschi ein und zog ihn ebenfalls wieder heraus. So ging es immer im Wechsel. Maggys Scheide bekam auf diese Weise die Stimulation aus verschiedenen Winkeln. Ihr gefiel es.

Wenig später hatten Mark und Tobias ihren Takt gefunden und beschleunigten ihr Tempo.

Maggy hatte das Gefühl, zwei Schwänze gleichzeitig in ihrer Vulva zu haben. Es hätte für sie ewig so gehen können, doch ihre Lust wollte endlich gestillt werden.

„Gefällt es dir?" hauchte Tobias Maggy von hinten ins Ohr.

„Und wie", stöhnte Maggy zurück. Mehr schaffte sie nicht zu sagen, sie kam zum Höhepunkt ihres Lebens. Der Orgasmus hörte gar nicht mehr auf. Vielleicht lag es daran, dass nun erst Mark mit einigen heftigen Stößen in ihr kam und anschließend Tobias von hinten. Es spielte aber keine Rolle für Maggy, denn es war der beste Sex, den sie je hatte.

Mark und Tobias hielten sich nach dem Akt nicht mehr lange bei Maggy auf. Sie verschwanden nacheinander kurz im Bad und wollten dann auch schon gehen. „Also, wenn du mal wieder Lust hast, melde dich doch einfach. Wir haben noch ein paar andere Tricks auf Lager", verabschiedete sich Mark mit einem Zwinkern.

Maggy schloss die Tür hinter ihnen, ging ins Wohnzimmer und ließ sich wie ein plumper Sack auf ihr gemütliches Sofa fallen. Sie war total fertig. „Das nenne ich vögeln", murmelte sie noch, bevor sie einschlief.

Gegen 16 Uhr wachte sie wieder auf, schnappte sich ihr Telefon und rief ihre beste Freundin Tina an, der sie einfach alles erzählen konnte, egal wie unangenehm oder intim es war. Doch Maggy war sich sicher, dass Tina ihr den Sex mit zwei Männern nie abnehmen würde.

„Hey, Maggy", meldete sich Tina. „Wollte dich auch gerade anrufen. Marion und Steffi fragen, ob wir heute Abend mit ihnen in den Tanztempel gehen wollen. Hast du Lust?"

„Ich weiß nicht. Bin grad total verwirrt. Und irgendwie immer noch total kaputt, obwohl ich grade eine Stunde geschlafen habe."

„Hey, Süße, ist doch nichts Schlimmes passiert, oder?"

„Ganz im Gegenteil. Ich hatte vor einigen Stunden Sex mit zwei Männern. Ich sage dir: Der beste Sex, den ich je hatte. Die beiden…"

Tina unterbrach sie: „ Moment mal, Maggy, hast du das geträumt oder meinst du in echt?"

„Ich weiß, du glaubst mir nicht, aber es ist tatsächlich passiert!"

„Wow! Du? Hast du Drogen genommen? Sorry, Süße, aber du weißt ja, du und die Männer…"

Maggy mochte es, wenn Tina so ehrlich war. Sie sagte einfach immer direkt heraus, was sie dachte. So eine Offenheit gefiel ihr besser als falsches Getue. „Ich weiß, aber es ist halt passiert."

„Ach so, die standen einfach plötzlich vor deiner Tür und haben dich gefragt, ob sie mal ficken können?" Tina lachte amüsiert. „Oder wie ist es dazu gekommen? Erzähl doch mal!"

„Fast so. Ich stand vorm Gemüseregal im Supermarkt und Mark, der eine Typ, stand neben mir bei den Tomaten…" Maggy erzählte ihr alles, vom Kennenlernen bis zu dem Zeitpunkt, als die beiden vor ihrer Tür standen.

„Meine Güte! Warum passiert mir nie sowas?" Tina klang wirklich enttäuscht.

Maggy fuhr fort: „Ich hab jetzt nur ein Problem."

„Sag nicht, du hast jetzt einen Tripper!" Tina lachte wieder. Sie konnte sich so herrlich über ihre eigenen sarkastischen Witze amüsieren.

„Ne, ich glaube, ich habe mich in Mark verguckt. Das Problem ist nur, dass er ja am Telefon sagte, dass es nur um Sex geht. Männer können das Gefühl ja abstellen. Aber was ist, wenn ihm mal die Richtige über den Weg läuft, dann kann er doch auch nichts machen, oder?"

„Och, Süße. Das war mir klar. Und nun hoffst du, dass du die Richtige für ihn bist, stimmt`s? Weißt du was? Genieß es einfach! Irgendwann hat er eine Freundin oder du einen Freund und dann ist der Spaß eh vorbei. Warum denn eigentlich Mark und nicht der Andere? Hat Mark den Dickeren, oder was?" Tina kicherte.

„Ja, hat er. Aber deswegen finde ich ihn nicht gut."

„Nein, ist klar!", antwortete Tina entrüstet. Ihre Stimme wurde leiser: „Mal im Ernst. Wie dick ist er denn?"

„Also, ein Maßband habe ich nicht aus der Schublade geholt, Tina!"

„Ich meine doch nur so vom Gefühl. Gibt es einen Gegenstand, der so dick ist?"

„Ja, eine durchschnittliche Gurke würde ich sagen."

„Waaas? Spinn jetzt nicht! Echt? Oh Mann, kann ich das nächste Mal dabei sein? Ich meine im Ernst."

„Spinnst du? Ich habe doch keinen Sex vor und mit dir?"

„Maggy, du hattest Sex mit zwei Männern. Da dürfte es doch nun auch kein Problem für dich sein, dass ich dabei bin. Wir müssen uns ja nicht anfassen oder knutschen, oder so!"

„Aber darauf wird es hinauslaufen, ist doch logisch. Außerdem möchte ich Mark beim nächsten Mal fragen, ob er allein zu mir kommen könnte."

„Verstehe." Tina seufzte. „Aber wenn er das nicht will. Dann könntest du doch sagen, dass du dann auch eine Freundin dabei haben willst. Und wir versuchen dann, uns gegenseitig so gut wie möglich zu umgehen. Warum war der Sex denn überhaupt so geil mit den beiden?"

Maggy erzählte ihr von der Vorne-Hinten-Stellung.

„Du Glückspilz!", schrie Tina in den Hörer. „Und dann willst du es nur noch mit Mark allein treiben?", fragte sie ungläubig. „Bist du des Wahnsinns? Gib mir mal Marks Nummer, ich würde es gern mit beiden treiben!"

„Mit den beiden lasse ich dich bestimmt nicht allein! Aber ich überlege mir nochmal, ob ich dich dabei haben möchte, in Ordnung?"

„In Ordnung." Tina klang etwas beleidigt. „Und was ist mit heute Abend?"

„Ich denke, ich bleibe zu Hause."

„Aber du rufst Mark heute nicht nochmal an, oder?" fragte Tina fast strafend.

„Ich weeeiiiß nicht." Maggys Stimme klang verheißungsvoll.

„Du blöde Kuh! Ich will dabei sein!"

„Ja, ist ja gut. Ich habe doch gesagt, ich überlege es mir."

Nach dem Telefonat überlegte Maggy tatsächlich, ob sie Mark heute nochmal anrufen sollte. Aber zum zweiten Mal am gleichen Tag? Auf keinen Fall! Aber standen Männer nicht auf sexgeile Frauen? Außerdem war es die Zeit um Maggy Eisprung. An diesen Tagen hatte sie meistens mehrmals am Tag Lust auf Sex. Zudem spürte sie an den Eisprung-Tagen den Orgasmus viel intensiver. Also, was sprach dagegen? Maggy zögerte. Eigentlich gar nichts. Es sprach alles dafür. Sie wollte es aber von Mark allein besorgt bekommen. Egal, welche Tricks Mark und Tobias zusammen noch drauf hatte. Mark würde ihr reichen. Sie wollte nur ihn. Mit diesem Gedanken nahm sie das Telefon und wählte Marks Nummer. Er nahm ab. „Hallo?"

„Hi Mark. Hier ist Maggy."

„Hey Maggy. Haben wir was vergessen?"

„Nein, ich wollte nur fragen, wie es mit heute Abend aussieht?"

„Nochmal heute? Da haben Tobias und ich ja einen guten Fang gemacht!" Mark lachte schälmisch. „Heute Abend ist allerdings schlecht. Tobias geht auf eine Feier. Konnte ja keiner ahnen, dass du uns heute nochmal brauchst." Mark lachte wieder.

Das war Maggys Chance: „Ich wollte dich eh fragen, ob du alleine kommen willst."

Mark schwieg ein paar Sekunden, dann: „Hat es dir mit uns beiden zusammen nicht gefallen?"

„Doch, doch, so sollte das wirklich nicht rüberkommen. Aber ich, äh, kann mich am besten immer nur auf eine Person konzentrieren."

„Maggy, ähm, das geht nicht. Wie ich schon bei unserem ersten Telefonat sagte. Wir treten nur im Doppelpack auf. Du und ich allein, das ist mir zu intim, wenn du verstehst, was ich meine. Das hat sowas Privates. Das möchte ich vermeiden. Es geht hier echt nur um Sex."

„Das habe ich schon verstanden. Ich dachte nur…"

„Also, Tobias und ich zusammen oder gar keiner. Tobias macht das übrigens auch nicht allein."

„Aha." Maggy wurde sauer. Sie hatte zwei fremde Männer in ihre Wohnung gelassen. Und nicht nur das. Sie hatten Sex zu dritt gehabt, und dann schwafelt Mr. Ich-Bin-Der-Tollste davon, dass es ihm mit ihr allein zu intim und privat wäre. Maggy fand das albern. „Ich empfand das sehr intim und privat mit uns dreien. Was macht es da für einen Unterschied, wenn du allein kommst?" Maggy ärgerte sich, dass sie das gesagt hatte. Sie wollte nicht betteln, aber das hatte sie nun indirekt getan.

„Hör mal, Maggy. Es geht mir darum, dass ich im Moment keine Beziehung will. Ich will dir zwar nicht unterstellen, das du was von mir willst, aber wir beide allein, das geht in diese Richtung. Verstehst du, was ich meine?"

„Eine Beziehung will ich auch überhaupt nicht", log Maggy. Sie hoffte, er wäre dann entspannter, was das Thema anging.

„Trotzdem nicht, Maggy, sorry. Wir könnten aber morgen Abend nochmal vorbeikommen, wenn du möchtest?"

„Ja, gern!" rief Maggy fröhlich, obwohl sie eigentlich enttäuscht war. Aber sie war auch neugierig, was für Tricks sie zu zweit noch so auf Lager hatten. So verabredeten sie sich für den kommenden Abend.

Der nächste Tag auf der Arbeit war eine Qual für Maggy. Die Zeit verging einfach nicht. Sie arbeitete unkonzentriert, legte Akten falsch ab und gab verwirrende Auskünfte am Telefon. Maggy war so aufgeregt wie ein kleines Mädchen, das am Abend viele Geschenke zu ihrem Geburtstag bekommen würde. Immer wieder schob sich Marks Gesicht vor ihr inneres Auge. Sein Zwinkern, sein Lächeln, seine stahlblauen Augen, sein muskulöser Körper und natürlich sein Penis. Oh Gott, der Penis! An den durfte sie gar nicht erst denken! Sofort spürte sie einen Anflug von Erregung in sich aufsteigen. Maggy gelang es aber, das Bild von seinem steifen Schwanz zu verdrängen, sonst wäre die Konzentration völlig dahin gewesen.

Als Maggy Feierabend machte, blieben noch jede Menge unbearbeitete Dokumente auf ihrem Tisch zurück. Doch das war Maggy egal, denn sie konnte es einfach nicht abwarten, nach Hause zu kommen.

Der Bus schien heute viel langsamer zu fahren als sonst, und auch die Rotphasen der Ampeln fühlten sich für Maggy länger als üblich an.

Dann war sie endlich zu Hause. Schnell sprang sie unter die Dusche und rasierte die bereits nachwachsenden Härchen im Schambereich weg. Anschließend trocknete sie sich ab und sprühte ihren Lieblingsduft auf, den ihr Ex-Freund besonders verführerisch fand. Maggy hatte sich vorgenommen, Mark heute besonders zu gefallen. Sie musste ihn um den Verstand bringen, ihn richtig stimulieren, es ihm richtig besorgen. Sie wusste zwar nicht, wie sie es in der Gegenwart von Tobias fertig bringen sollte, aber ihr würde schon etwas einfallen. Maggy überlegte weiter, ob sie sich Dessous anziehen sollte, aber verwarf den Gedanken wieder. Die Jungs wollten bestimmt schnell zur Sache kommen und nicht kompliziert an den ganzen Verschlüssen herumfingern. Also entschied sie sich wieder für ihren Bademantel. Dann läutete es auch schon.

Als Maggy Mark sah, schlug ihr Herz schneller. Seine Muskeln zeichneten sich unter seinem engen schwarzen T-Shirt ab, welches das Blau seiner Augen noch mehr hervorhob. Am liebsten hätte sie sich sofort an ihn rangeschmissen. Doch da war ja noch Tobias, der Maggy eine Sektflasche entgegen hielt: „Wir wollten uns revanchieren. Der ist kalt, wir können ihn also gleich öffnen."

Maggy wandte sich an Mark: „Willst du das wieder machen?"

„Klar!", entgegnete er.

„Aber am besten in der Küche. Falls der Sekt beim Öffnen übersprudelt, kann ich ihn da besser wegwischen."

„Sollten wir dann nicht lieber alle gleich in der Küche bleiben?" Mark schaute schmunzelnd zu Tobias hinüber.

Der antwortete mit einem breiten Grinsen.

Maggy hatte kapiert, sie war in ein Fettnäpfchen getreten, ihre Aussage war zweideutig gewesen. „Ha, ha. Ich finde, wir gehen heute mal ins Wohnzimmer. Tobias, du kannst ja schon mal rübergehen. Mark und ich kommen dann mit den gefüllten Sektgläsern nach."

Tobias verschwand im Wohnzimmer. Nun war sie mit Mark allein in der Küche. Er klemmte sich sofort die Sektflasche zwischen die Beine und fingerte am Korken herum, während Maggy drei Sektgläser aus dem Schrank holte und sie auf den Küchentisch stellte. Danach lehnte sie sich an den Türrahmen und lockerte den Gürtel ihres Bademantels etwas, so dass eine Brust aus dem Ausschnitt herausschauen konnte. Mark hatte beim letzten Mal gesagt, dass er ihre Brüste mochte. Dann würde ihm der Anblick bestimmt gefallen. Allerdings war er noch damit beschäftigt, den Korken aus der Flasche zu ziehen und würdigte sie keines Blickes. Aber als es „plopp" machte und der Sektkorken endlich draußen war, schaute er erfreut zu Maggy auf. Sein Blick streifte flüchtig ihre Brust, bevor er den Sekt in die Gläser füllte.

Maggy schnappte sich das erste volle Glas und goss ein wenig Sekt über ihre Brust. Ihre Brustwarze wurde sofort hart. „Uups, ich habe gekleckert", tat sie völlig überrascht.

Mark blickte zu Maggy, die auf ihre Brust zeigte. Er trat zu ihr und beseitigte schlürfend und leckend die Flüssigkeit von ihrem Busen. Als er damit fertig war, beschäftigte er sich nur noch mit Maggys Brustwarze. Er züngelte und saugte an ihr, bis Maggy auch ihre zweite Brust freilegte und Mark diese zu liebkosen begann. Auf einmal stoppte er. „Lass uns zu Tobias rübergehen, der wartet bestimmt schon", forderte er Maggy auf.

„Wir können uns doch hier noch kurz warm machen", schlug sie schnell vor und streichelte Marks Arm.

„Das ist unfair Tobias gegenüber. Komm lass uns." Mark machte eine Kopfbewegung Richtung Tür, schnappte sich zwei Sektgläser und verließ die Küche. Maggy bedeckte ihre Busen wieder mit dem Bademantel und ging ihm hinterher.

Tobias saß nur in Boxershorts bekleidet auf dem Sofa. „Was habt ihr denn solange in der Küche gemacht?"

„Maggy hat aus Versehen ihren Sekt in ihr Dekolletee geschüttet."

„So, so." Tobias hatte verstanden. „Lass mal sehen." Er stand auf und ging zu Maggy hinüber. Er zog den Ausschnitt des Bademantels auseinander, um ihre Brüste zu betrachten. „Hier sehe ich noch ein bisschen Sekt." Sofort leckte Tobias großzügig über ihren linken Busen. Den anderen begann er leicht zu massieren. Maggy wurde warm im Schritt. Nun öffnete er den Gürtel von ihrem Bademantel und ließ den Mantel zu Boden gleiten.

Maggy wurde von Mark abgelenkt, der sich gerade sein T-Shirt über den Kopf streifte. Sein durchtrainierter Oberkörper kam zum Vorschein. Dann zog er seine Jeans samt Boxershorts aus. Maggys Blick fiel natürlich sofort auf Marks Schwanz, der bereits steif in die Höhe ragte. Ihre Busen mussten ihn also ziemlich schnell erregt haben, stellte Maggy zufrieden fest.

Mark trat von hinten an sie heran. Maggy spürte seinen kräftigen Oberkörper an ihrem Rücken und sein hartes Stück, welches er ihr in die Poritze drückte. Ein Schauer überflog sie. Dann hob er ihre Haare hoch und fuhr mit seiner Zunge ganz zart links und rechts ihren Hals entlang. Ein zweiter Schauer durchzuckte sie.

Tobias war noch mit ihren Busen beschäftigt, drückte aber mittlerweile sein Glied gegen ihren Venushügel.

Maggy schloss die Augen und genoss, dass sie von allen Seiten verwöhnt wurde. Aber sie wollte Mark vor sich haben. Daher löste sie sich behutsam von den beiden Männern und legte sich mit dem Rücken auf den flauschigen Wohnzimmerteppich. Mark und Tobias gesellten sich zu ihr. Mark legte sich rechts von Maggy, Tobias links von ihr, und so kam es, dass Tobias an ihrer linken Brustwarze saugte und Mark an ihrer rechten. Dann spürte sie, wie Mark mit seinen Fingern ihren Kitzler suchte. Als er ihn gefunden hatte, bewegte er seine Finger kreisend und mit leichtem Druck auf ihm. Maggys Erregung stieg.

„Möchtest du lutschen?", flüsterte Tobias ihr ins Ohr.

Maggy nickte. Allerdings hätte sie lieber Marks Schwanz liebkost.

Tobias kniete sich hin und drückte seine Latte Maggys Mund entgegen. Maggy begann sofort, an seiner Eichel zu lutschen. Tobias schob sein Becken weiter vor, um seinen Penis tiefer in ihren Mund zu stecken. Dann hörte Maggy, wie Mark ein Kondom öffnete. Sie drehte ihren Kopf zur Seite und Tobias` Penis glitt aus ihrem Mund. Schnell rief sie: „Stopp! Ich wollte deine Gurke auch noch lecken!"

„Ich würde sie jetzt aber gern in deine Möse stecken. Du bist so verdammt eng. Ich kann es kaum abwarten", antwortete Mark bereits mit keuchendem Atem.

Also, noch etwas, was ihm an ihr gefiel. Doch Maggy gab nicht auf: „Nur kurz…. Bitte!", flehte sie ihn an.

„Na gut."

„Leg dich dazu doch hin", schlug sie Mark vor.

Als Mark auf dem Rücken lag, hockte sich Maggy breitbeinig über Marks Beine und umfasste mit einer Hand Marks hartes Glied. Langsam schob sie seine Vorhaut immer wieder vor und zurück. Maggy war fasziniert von seinem dicken Schwanz. Sie beugte sich über seinen Knüppel, streckte dabei ihren Po nach oben und tastete mit ihrer Zunge seine Eichel ab. Aber sie wollte die Dicke und Härte seines Gliedes voll und ganz spüren und schob es langsam in ihren Mund. Da Marks steifer Penis wirklich einen beachtlichen Durchmesser hatte, kostete es Maggy etwas Anstrengung, ihren Mund so weit zu öffnen. Trotzdem wollte sie ihn weiter oral befriedigen, am liebsten bis zum Ende, wollte seinen Orgasmus in ihrem Mund spüren und sein Sperma trinken. Und so saugte und leckte sie immer stürmischer an Marks warmen Schwanz.

Das gefiel Mark besonders, er stöhnte einige Male auf und machte auch keine Anstalten, Maggys Bemühungen zu stoppen, denn eigentlich wollte er ja ihre enge Möse vögeln. Aber nun genoss er erst einmal Maggys feuchten Mund.

Tobias hatte zugeschaut. Es erregte ihn ungemein. Aber er wollte natürlich mitmachen. Maggys nach oben gestreckter Po und ihre gespreizten Beine gaben ihm die volle Pracht ihrer Muschi preis. Ihre Schamlippen waren rot angeschwollen und ihr Schlitz war weit geöffnet, so dass Tobias Maggys Scheideneingang sehen konnte. Aus ihm lief dickflüssiger Saft, der im Schein der Wohnzimmerlampe köstlich glitzerte. Reflexartig streckte Tobias seine Zunge danach aus. Maggy zuckte leicht zusammen, als sie die Zunge an ihrer Scheide spürte. Gierig leckte Tobias den Saft aus ihrem Schlitz. Er wollte mehr und steckte seine Zunge, so tief es ging, in Maggys Vagina. Dort tastete er ihr nasses Inneres ab.

Maggy hielt mit dem Blasen inne und genoss kurz die Stimulation in ihrer Vulva. Dann lutschte sie weiter an Marks Glied.

Tobias zog sich ein Kondom über und freute sich, dass er derjenige sein durfte, der Maggys enge Muschi vögeln durfte, denn eigentlich hatten Mark und er einen anderen Plan gehabt. Aber Maggy wollte ja unbedingt Marks Gurke oral verwöhnen. Das war Tobias nur recht so. Langsam führte er seinen Schwanz in Maggys Vulva ein, um sie nicht zu erschrecken. Für Tobias fühlte sich Maggys Muschi nicht so eng an wie für Mark, denn sein Schwanz war im steifen Zustand nicht so dick wie seiner. Aber immerhin war Maggys Vagina enger als die der letzten Mädels, die er gebumst hatte. Und mit Maggys straffen und knackigen Po im Blick war es einfach die perfekte Stellung für Tobias. Doch er hatte sich zu früh gefreut. Er hörte Marks atemlose Stimme: „Ich will deine Muschi jetzt durchficken."

Tobias vögelte Maggy schneller, um noch schnell abspritzen zu können. Aber dazu kam er nicht, denn Mark nahm Maggys Kopf in seine Hände, um ihn von seinem Glied wegzuheben, was zur Folge hatte, dass Maggy sich aufrichtete und Tobias Penis aus ihrer Muschi flutschte.

„Reite mich rückwärts", bat Mark Maggy.

Maggy hätte ihn lieber von Angesicht zu Angesicht geritten und ihn geküsst. Aber sie tat ihm den Gefallen. Sie setzte sich auf seinen dicken Schwanz, der ihre Vagina augenblicklich zu dehnen begann und ihre Scheidenwand so intensiv stimulierte, dass sie es kaum aushalten konnte.

Tobias Blick fiel auf Maggys stöhnenden, leicht geöffneten Mund. Die Vorstellung von seinem Penis in ihrem feuchten Mund und in ihm abzuspritzen, törnte Tobias so richtig an. Er zog schnell das Kondom ab und strich seine Eichel über Maggys Gesicht und ihre Lippen. Lechzend streckte Maggy ihre Zunge heraus, um an Tobias` Latte zu lecken. Er schob sie in ihren Mund und fickte ihn heftig, bis er abspritzte. Maggy schluckte das Sperma herunter, ein kleiner Rest lief ihr seitlich aus dem Mund.

Während Tobias ins Bad ging, witterte Maggy ihre Chance. Sie drehte sich um, um Mark vorwärts zu reiten. Verlangend strich sie mit ihren Händen über seinen schweißnassen Körper. Er roch so männlich, und Maggy wollte seinen Schweiß schmecken. Sie beugte sich nach vorn und leckte seine Brust ab.

Mark hob seinen Kopf, um Maggy zu küssen. Sie züngelten kurz außerhalb ihrer Münder, dann schmiss Mark Maggy auf ihren Rücken, um sie mit festen, kurzen Stößen zu bumsen. Sein Blick war wild, der Schweiß lief ihm an den Schläfen herunter. „So willst du es doch, oder?", prustete er hervor. „Du willst meinen dicken Schwanz, oder? Sag es!"

Für einen kurzen Moment war Maggy verängstigt. So grob und temperamentvoll hatte sie ihn noch gar nicht erlebt. Allerdings hatte er Recht. Sein Schwanz war einfach geil und sein Fickstil genau richtig so.

„Sag es!", wiederholte Mark. Er stoppte unverzüglich seine Stöße und zog seinen Schwanz heraus. „Sonst mache ich nicht weiter."

„Doch, bitte, fick mich weiter!", hörte sich Maggy selbst flehen. Sie streckte ihm ihr Becken entgegen.

„Willst du es wirklich?", fragte Mark gefühllos.

„Ja, steck ihn rein, bitte", antwortete Maggy gequält.

Mark hielt ihre Schamlippen auseinander, um ihr Loch richtig zu treffen. Dann drang er mit einem harten Stoß wieder in sie ein.

Maggy wusste nicht, ob dieser Stoß sie schmerzte oder erregte. Aber die darauffolgenden Stöße waren einfach nur noch stimulierend, und es war Marks Orgasmus, der sie letztendlich auch zu ihrem Höhepunkt brachte, denn das heftige Zucken seines dicken Schwanzes beim Abspritzen stimulierte Maggys Vagina noch einmal so richtig. Sie hatte das Gefühl, als würde sie fliegen und als würden tausend Ameisen durch ihren Körper krabbeln. Dann ebbte das Gefühl allmählich ab und wich dem Gefühl der vollen Befriedigung.

Marks Glied erschlaffte nicht sofort. Er massierte seinen Penis weiter in Maggys Scheide. Maggy erlebte dabei noch kleine nachträgliche Orgasmen.

Mark lächelte jetzt wieder, der feurige Ausdruck in seinen Augen war verschwunden. „Tut mir leid, dass ich so heftig war, aber deine schmale Muschi hat mich zum Tier gemacht."

„Das habe ich gemerkt. Aber es war gut so."

Mark zog seinen Penis jetzt heraus.

Tobias löste sich vom Türrahmen, von wo aus er den beiden zugeschaut hatte, setzte sich aufs Sofa und fragte: „Na, seid ihr Turteltäubchen nun befriedigt?"

Mark warf ihm einen Blick zu, der ihn bat, solche Äußerungen zu unterlassen. Nachdem er im Bad verschwunden war und Maggy sich ihren Bademantel wieder angezogen hatte, wandte sich Tobias an sie: „Bringt echt Spaß mit dir."

„Mit Euch auch", gab Maggy knapp zurück.

„Du stehst aber besonders auf Mark, oder?"

Maggy fühlte sich ertappt. Was sollte sie schon darauf antworten? Ein „Nein" wäre gelogen gewesen. Und ein „Ja"? Es kam darauf an, wie Tobias seine Frage meinte. Meinte er in sexueller oder in beziehungstechnischer Hinsicht? Wenn sie für die sexuelle Variante mit „Ja" antworten würde, würde sie Tobias damit beleidigen. Das wollte Maggy nicht. Und dass sie sich mit Mark eine Beziehung wünschte, das würde sie sicherlich nicht zugeben. Sie würde Mark dann wohl nie wieder sehen.

„Keine Antwort ist auch eine Antwort", reagierte Tobias. Dann beugte er sich zu Maggy vor und flüsterte: „Aber ich kann dir sagen, ich glaube, er steht auf dich. Er will es nur nicht zugeben. Weißt du, er ist seit circa einem halben Jahr wieder Single. Marks Ex-Freundin hat ihn von heute auf morgen verlassen. Er hat nun Angst, sich wieder auf was Neues einzulassen, obwohl er meiner Meinung, nach voll der Beziehungstyp ist. Er sagt, er hat jetzt erst mal die Schnauze voll von Beziehung und will erst mal so viele Weiber wie möglich vögeln. Ich glaube, er belügt sich selbst."

Mark kam ins Wohnzimmer zurück. „Wollen wir los, Tobias?"

Tobias stand wie auf Kommando auf und Maggy begleitete beide zur Tür. Mark wirkte verlegen. Irgendetwas schien ihm auf der Seele zu liegen. Dann ergriff er das Wort: „Maggy." Eine kurze Pause folgte. „Ich denke, wir sollten uns nicht mehr treffen." Bei diesem Satz sah er Maggy nur kurz in die Augen, dann flüchtete sein Blick ins Wohnzimmer.

Tobias schaute verwirrt zwischen Maggy und Mark hin und her.

Maggy traf der Satz wie ein Schlag. Sie war selbst überrascht, wie schnell sie reagieren konnte: „Ähm, schade. Ich wollte euch nämlich fragen, ob eine Freundin von mir das nächste Mal mitmachen könnte?"

Tobias schien etwas daran zu liegen, dass ihr gemeinsamer Sex weiterging. Denn noch bevor Mark etwas antworten konnte, rief er schnell ein „Na klar" aus.

Mark gefiel der Vorschlag ebenfalls. Sein Gesichtsausdruck wirkte jetzt nicht mehr so sorgenvoll und er blickte Maggy wieder an. „Ich will ja nicht unhöflich sein, aber kann sie mit dir mithalten?"

Wieder ein Kompliment von Mark! Maggy fühlte sich geschmeichelt. „Ja, da könnt ihr euch drauf verlassen!"

Tobias und Mark waren soeben gegangen. Maggy saß auf ihrer Couch und war niedergeschlagen. Sie wusste selbst nicht warum, denn eigentlich hätte sie sich doch freuen müssen, Mark wiedersehen zu können. Doch so einfach war das Ganze nicht, denn im Grunde wollte Mark sie ja gar nicht mehr wiedersehen. Warum bloß nicht? Tobias` Worte hallten wie ein Echo in ihrem Kopf: „...ich glaube, er steht auf dich.... Er will keine Beziehung.... Er will so viele Weiber wie möglich vögeln...." Wenn Mark tatsächlich auf sie stand, dann wollte er sie natürlich nicht mehr sehen, weil er Angst hatte, sich ins sie zu verlieben. Bestimmt hatte er beim Sex gemerkt, wie fixiert sie auf ihn war. Wurde es ihm vielleicht zu verbindlich? Aber dann hatte sie Tina erwähnt und Mark wirkte plötzlich wieder interessiert. Natürlich! Wieder ein Weib mehr, das er vögeln konnte! Maggy war hin und hergerissen. Sie hatten vereinbart, dass Maggy mit Tina sprechen und sich dann bei Mark zwecks Terminabsprache melden sollte. Und wenn sie Mark einfach nicht anrief? Maggy behagte die Vorstellung, dass Mark Tina poppt, nämlich überhaupt nicht. Mit Sicherheit würde Mark versuchen, sich auf Tina zu konzentrieren, um sich von ihr abzulenken. Würde sich Mark aber bei Maggy melden, wenn sie ihn nicht anrief? Wenn ja, wie sollte sie sich dann erklären? Vielleicht so: „Tina hat kein Interesse mehr und mit mir allein wolltest du ja eh nicht. Deswegen habe ich nicht mehr angerufen."? Das war doch absurd. Oder auch nicht? Und wenn Mark nicht anrief? Dann hatte sie ihn verloren, denn Maggy würde ihm bestimmt nicht hinterher telefonieren und um Sex mit ihm allein betteln. Die einzige Chance ihn noch mal zu sehen, war also, wenn sie Tina mitbrachte. Sie musste es riskieren.

„Yuhu. Ich bin dabei, ich bin dabei!" Tina war ganz aus dem Häuschen.

„Nun beruhig dich wieder! Und denk dran, was wir besprochen haben. Du lässt, so gut es geht, die Finger von Mark! Ist das klar?"

„Ja doch! Aber sein Schwahaanz!"

„Tinaaa!"

„OK, OK, hab verstanden. Dann bis Freitag!"

Maggy legte auf. Sie war sich immer noch nicht sicher, ob das eine so gute Idee war. Allerdings hatte sie ein bisschen Hoffnung, dass Mark auch beim nächsten Mal ihrer engen Muschi nicht widerstehen konnte. Sie wusste zwar nicht, wie eng oder weit Tinas Vagina war, aber da Tina fast 20 Zentimeter größer als sie selbst war, ging sie davon aus, dass auch ihre Vagina dementsprechend größer sein musste. Aber dann gab es da ja auch noch Tinas Brüste. Auf die konnte sie echt stolz sein. Sie wurde oft gefragt, ob sie sich die hat machen lassen, denn in Proportion zu Tinas Körper wirkten sie unnatürlich groß. Aber Tina hatte sie sich nicht vergrößern lassen. Es spielte jetzt aber auch keine Rolle für Maggy, ob vergrößert oder nicht, Fakt war einfach, dass die Männer reihenweise auf Tinas Brüste standen. Auch auf ihre Brustwarzen, wie Tina mal erwähnte. Die sollten wohl ziemlich lang sein. Da konnte Maggy nicht mithalten. Auch wenn sie ein Kompliment von Mark bezüglich ihrer Brüste erhalten hatte, es stand einfach außer Frage, dass Tina das hinreißendere Dekolletee von ihnen beiden hatte.

Maggy hätte nie gedacht, sich irgendwann einmal Gedanken über Tinas Vagina oder Brüste machen zu müssen. Verrückt, was Männer anrichten konnten!

Es war Freitag. Maggy machte gegen Mittag Feierabend, um zu Hause noch genug Zeit zum Aufräumen und Vorbereiten zu haben.

Als alles erledigt war, stand Tina auch schon vor der Tür. Sie hatten vereinbart, dass sie ein oder zwei Stunden vor Mark und Tobias vorbeikommen sollte.

Tina hatte ihren Bademantel mitgebracht und machte sich gleich daran, ihre Klamotten auszuziehen.

„Geht`s noch?" Maggy fiel die Kinnlade herunter. Sie glaubte zu träumen. Tina stand in aufreizenden Dessous vor ihr, im rosa Rüschen-BH, rosa Tanga und in rosa Strümpfen und Strapsen. „Meinst du, die beiden haben Lust, dich stundenlang auszuziehen? Ich bin nackt unter meinem Bademantel!"

„Mach doch, was du willst, ich bleibe so." Tina zog ihren mitgebrachten Bademantel über und machte es sich auf Tinas Sofa bequem.

„Wie du meinst." Es ging Maggy nicht ums Wohlergehen der beiden Männer, sie war einfach eifersüchtig auf Tinas Outfit. Natürlich würden Mark und Tobias darauf abfahren, keine Frage. Erst recht bei so großen Busen und so einer Figur. Maggy hätte zwar nun auch Dessous anziehen können, aber ihr war nicht danach zumute. Sie wollte nicht mit Tina konkurrieren. Tina bekam eh immer, was sie wollte. Maggy bereute die Verabredung jetzt schon. Die Lust auf Sex war ihr gänzlich vergangen.

„Süße, sei doch nicht beleidigt, ich schnappe ihn dir schon nicht weg. Mich interessiert nur sein Schwanz."

„Der sollte dich aber nicht interessieren. Vielleicht erinnerst du dich noch daran, was wir verabredet haben."

„Ja doch. Aber angucken darf ich ihn doch wohl noch, oder?"

Darauf reagierte Maggy nicht. Sie war wütend. Zickig sagte sie: „Ich weiß jetzt schon, dass du dich nicht an unsere Verabredung halten wirst. Du nimmst dir doch immer rücksichtslos das, was du haben willst!"

„Was soll das denn jetzt? Wollen wir das Ganze lieber ablassen? Ich hätte wissen müssen, dass dein ständiger Neid wieder dazwischen funken würde!"

In dem Moment klingelte es an der Haustür. Es war zu spät zum Absagen.

Maggy versuchte fröhlich zu wirken, als sie die Tür öffnete und Mark und Tobias hereinließ. Tina kam dazu, um die beiden zu begrüßen. Maggy konnte am Ausdruck von Marks und Tobias` Augen sehen, dass sie von Tina positiv überrascht waren. Am liebsten hätte sie die drei allein gelassen, stattdessen sagte sie: „Lasst uns ins Wohnzimmer gehen, ich habe den Sekt schon eingeschenkt." Sie ging voraus, setzte sich auf ihren Langflorteppich und nahm sich ein Sektglas vom Tisch. Tina kam, gefolgt von Mark und Tobias, hinterher. Bevor sich die drei auf dem Teppich niederließen, zog Tina ihren Bademantel aus. Selbstverständlich klebten sofort die Blicke der Männer an ihrem Busen. Maggy kochte vor Wut.

„Wie wär`s, wenn wir Brüderschaft trinken?", schlug Tina vor.

Die Männer waren einverstanden. Was blieb Maggy da anderes übrig, als sich anzuschließen? Nur zu dumm, dass Mark neben Tina und Tobias neben Maggy saß. Und wie war es anders zu erwarten? Nachdem Mark und Tina mit ihren Sektgläsern angestoßen hatten, steckte Tina ganz ungeniert ihre Zunge in Marks Mund. Kurz blickte Mark verstohlen zu Maggy hinüber, um zu prüfen, wie sie darauf reagierte. Doch Maggy wandte sich ab. Pah, dann würde sie halt mit Tobias Spaß haben, sagte sie sich. Und schon begann sie, wild mit ihm zu knutschen. Trotzdem schielte sie zu Mark und Tina hinüber und konnte erkennen, dass Mark eine Brustwarze von Tina zwischen seinen Fingern zwirbelte. Maggy versuchte, sich nicht mehr auf Mark zu konzentrieren. Sie ließ ihren Bademantel von ihren Schultern fallen und legte sich auf den Rücken. Tobias legte sich seitlich neben sie und knabberte zärtlich an ihrem Ohr. Behutsam strich er über ihr Gesicht, ihren Hals und ihre Brüste. Dann begann er, ihre Busen zu massieren und drückte sie leicht zusammen, so dass die Brustwarzen stärker hervorquollen und er besser an ihnen saugen konnte. Maggys Erregung stieg. Schlecht war Tobias auch nicht, vielleicht sogar sensibler als Mark. Und schon war Mark wieder in ihren Gedanken. Sie blickte zu Mark und Tina hinüber. Mark hatte bereits sein T-Shirt ausgezogen, und sein dicker, steifer Schwanz guckte steil aus seiner weit geöffneten Hose. Tina hatte das Privileg, ihn oral befriedigen zu dürfen. Sie saß vor Mark und war eifrig damit beschäftigt, sein Glied immer wieder vollständig in ihrem Mund verschwinden zu lassen. Mark hielt Tinas Kopf in seinen Händen und drückte ihn tiefer, wenn er das Bedürfnis dazu hatte. Seine Augen waren geschlossen, sein Mund leicht geöffnet. Offensichtlich genoss er es.

Während Maggy die beiden beobachtete, zog sich Tobias komplett aus. Ihm entging nicht, dass Maggys Augen auf Mark gerichtet waren. „Wenn du willst, kannst du mir auch einen blasen", hauchte er in Maggys Ohr und leckte es anschließend großzügig ab.

„Nein, ich möchte, dass du mich fickst."

Nichts hörte Tobias lieber als das. Hoffentlich kam er heute in den Genuss, ihre enge Fotze bis zum Schluss ficken zu können. Die Chancen standen gut, denn Mark und Tina wirkten sehr beschäftigt.

Maggy hingegen hoffte, dass Mark eifersüchtig werden und Tobias abwechseln würde. Aber leider waren Mark und Tina tatsächlich intensiv mit sich selbst beschäftigt. Sie vögelten im Sitzen und Mark schaffte es, ihre Brustwarzen saugend in seinem Mund zu behalten, obwohl Tina wie ein wildes Pferd auf seinem Schwanz auf und ab hüpfte. Aber wahrscheinlich war das bei Tinas langen und dicken Nippeln nicht so schwierig. Maggy wendete sich ab, um sich auf ihren eigenen Fick zu konzentrieren. Sie hockte sich hin und streckte Tobias ihren Hintern entgegen.

Diese Einladung wollte Tobias natürlich sofort annehmen. Schnell zog er sich ein Kondom über und drang in Maggys Vulva ein. Auch wenn es anstrengend war, versuchte er so schnell zu rammeln wie ein Affe, denn er wollte diesmal auf alle Fälle in Maggys Möse abspritzen und eventuell nicht wieder von Mark weggedrängt werden. Aber er wollte Maggys enges Loch auch bewusst spüren. Daher steckte er seinen Schwanz zwischendurch immer wieder langsam in ihre Vagina und zog ihn ebenso langsam wieder heraus. Das machte Tobias aber jedes Mal so geil, dass er sein Tempo für einige Stöße wieder beschleunigen musste.

Maggy gefielen diese abwechslungsreichen Geschwindigkeiten, doch zum Höhepunkt würde sie noch lange nicht kommen, dazu brauchte sie Marks Schwanz.

Aber Tobias kam zum Höhepunkt. Anstatt seinen Penis nun ungezügelt in ihre Muschi zu stoßen, hielt er inne. Maggy spürte das heftige Zucken seines Schwanzes beim Abspritzen. Ein lautes, erlösendes Stöhnen entfloh Tobias` Kehle.

Mark, der mittlerweile im Liegen von Tina geritten wurde, wurde auf das Stöhnen aufmerksam. Auch wenn Tina zwar ihre Qualitäten hatte, besonders ihre Brüste waren der Hammer, wollte er auf alle Fälle noch Maggys Möse vögeln. Er wartete, bis Tobias von Maggy abließ, umfasste dann mit beiden Händen Tinas Becken und hob sie von sich herunter.

Maggy wollte sich gerade hinsetzen, als Mark sie am Hintern festhielt und ein Stückchen zu sich hinüber zog. „Jetzt bist du dran", keuchte er atemlos.

Endlich, schoss es Maggy durch den Kopf.

Mark begann, sie so heftig zu bumsen, dass ihre Scheide schmerzte. Aber gerade das erregte Maggy noch mehr. „Ja, fick mich, schneller!", stöhnte sie und beugte sich noch weiter nach unten, um sich auf ihre Unterarme zu stützen, damit Mark noch tiefer in sie eindringen konnte. „Steck ihn ganz tief rein", bat sie ihn dann.

Daraufhin nahm Mark seine rechte Hand, drückte sie auf Maggys Klitoris und hielt sich mit der linken Hand an ihrer Pobacke fest. So konnte er sein Glied schön tief in sie hineinstoßen und gleichzeitig Maggys Kitzler stimulieren. „So ist es gut, ja, oh ja, du machst mich so geil", stöhnte er immer wieder. Dann bewegte er sich in ihrer Muschi mit kleinen Stößen vor und zurück, ohne seinen Schwanz ganz herauszuziehen, denn er wollte ihre Enge ununterbrochen an seinem ganzen Glied spüren.

Maggy wollte es aber heftiger haben. „Nimm mich härter", befahl sie Mark daher, aber der Druck auf ihrem Kitzler gab Maggy schon den Rest, sie kam zum Höhepunkt.

Marks Schwellkörper wurde dadurch noch mehr stimuliert. Mit wenigen, aber rasend schnellen Stößen hatte nun auch er seinen Orgasmus. Anschließend zog er sein immer noch leicht geschwollenes Rohr aus Maggys Möse und schnaubte: „Du bist einfach unglaublich." Dann ließ er sich auf den Teppich zurücksinken. Maggy tat es ihm gleich und beide beobachteten schweigend Tobias und Tina, die noch mitten im Akt waren.

Tinas Lieblingsstellung schien das Reiten zu sein. Maggy fand ihre Bewegungen etwas übertrieben, denn sie sprang, immer noch ihre halterlosen, rosa Strümpfe tragend, unnatürlich auf Tobias herum. Außerdem klang ihr lautes Stöhnen gekünstelt. Der Anblick erinnerte Maggy an einen schlechten Pornofilm. Sie hoffte, Tobias würde nicht mit einem Penisbruch ihre Wohnung verlassen.

Tobias fand es aber alles andere als schlecht. Ihm war alles recht, Hauptsache er hatte Tinas hopsende Megabrüste im Blick, deren dicke Knospen er von Zeit zu Zeit mit seinen Fingern befummelte oder nach denen er verlangend mit seiner Zunge haschte, sobald sich Tina etwas nach vorn beugte. Mit den Worten „Zeig`s mir, ja, gib es mir" spornte er Tina immer wieder an.

Ganz unerwartet stand Mark plötzlich neben Tina. Maggy war so auf die Szene konzentriert gewesen, dass sie gar nicht gemerkt hatte, dass er aufgestanden war. Er hatte schon wieder einen steil nach oben gerichteten Ständer und ging nun soweit in die Knie, bis sich sein Schwanz direkt vor Tinas Mund befand. Tina registrierte das dicke Stück, streckte ihre Zunge danach aus und züngelte an der Eichel, bevor sie sich die Latte fast komplett in den Mund schob.

Mark begann ihren Mund zu ficken, erst langsam, dann immer schneller. Die Stöße schlugen Tinas Kopf regelrecht zurück.

Was anderes hat sie auch nicht verdient, dachte sich Maggy. Durch das Zuschauen war ihr Spalt wieder feucht geworden. Sie hockte sich breitbeinig, mit dem Rücken zu Tina, über Tobias Gesicht. Tobias erblickte Tinas gerötete und nasse Muschi über sich, streckte seine Zunge nach ihr aus und umspielte ihre kleine Kirsche.

Kurze Zeit später stoppte Tobias mit den Liebkosungen, denn Tina hatte ihn soweit. Mit einem erlösenden Aufschrei kam er endlich zum Orgasmus. Tina blieb trotzdem noch weiter auf Tobias sitzen, um sich von Mark weiter oral ficken zu lassen.

Maggy wurde eifersüchtig. Warum hatte er ihr nicht seinen Schwanz angeboten? Wieso war er zu Tina gegangen? Sie konnte es nicht länger mit ansehen. Mark sollte nur in ihr kommen. So kniete sie sich neben Tina und lutschte an Marks Hoden. Augenblicklich wurden seine Stöße schneller, und als sein Penis einmal aus Versehen aus Tinas Mund glitt, ergriff Maggy die Chance. Sie fing ihn mit ihrer Hand ab und führte ihn in ihren Mund ein.

Mark gefiel das. Nicht nur Maggys Muschi war eng, sondern auch ihr Mund. Er stoppte seine Stöße und ließ Maggy die Arbeit machen. Er genoss es, und es dauerte nicht lang, bis sein Speer die Samen herausschleuderte. Maggy schluckte ein wenig davon und zog dann blitzschnell seinen Penis aus ihrem Mund, um sein restliches Sperma über ihr Gesicht spritzen zu lassen, da sie es auch dort spüren wollte.

Wie immer machten sich Mark und Tobias nach dem Sex schnell aus dem Staub. Es kam nur noch ein „Melde dich" über Marks Lippen, dann waren sie auch schon verschwunden und ließen Maggy und Tina schweigend zurück.

Tina brach das Schweigen: „Maggy, es tut mir leid wegen vorhin. Lass uns die Sache vergessen. Ich meine, du musstest doch überhaupt nicht zurückstecken. Du hattest Mark doch oft genug. Er ist zweimal in dir gekommen. Was willst du mehr?"

„Es hätte aber auch anders kommen können, Tina! Du hast dich anfangs ja total an ihn rangeschmissen! Was sollte das? Wir hatten doch was vereinbart!"

„Ich war halt sauer auf dich. Und dass sich Mark und ich an diesem Abend gar nicht berühren würden, war doch von vornherein sowieso unrealistisch, oder? Ich wollte wenigstens einmal sein Hammerding spüren. Sein Ding ist übrigens echt der Wahnsinn."

„Lassen wir das. Ich werde die ganze Sache jetzt eh abhaken. Ich werde Mark nicht mehr anrufen. Ich will nicht mehr mit ihm poppen, jedenfalls nicht nur. Ich will ihn ganz. Und wenn er das nicht will, dann hat er halt Pech gehabt. Dann gibt es eben auch keinen Sex mehr mit mir. Soll er sich doch melden. Ich sage es ihm dann."

„Aber du könntest jederzeit auf Knopfdruck Sex haben, überleg doch mal! Dann gib mir seine Nummer!"

„Ganz bestimmt nicht!", sagte Maggy mit Nachdruck.

„Komm her, Süße." Tina legte den Arm um ihre Freundin und zog sie zu sich. „Vielleicht hast du ja Recht, lassen wir das hinter uns."

Maggy zögerte, dann antwortete sie ergeben: „OK, Kriegsbeil begraben."

Maggy hielt sich an ihre Worte und rief Mark nicht mehr an. In den nächsten zwei Wochen musste sie zwar immer noch an ihn denken, doch es hätte keinen Zweck gehabt, ihn anzurufen, denn ihre Gefühle für ihn wären nur stärker geworden, wenn sie nochmal mit ihm Sex gehabt hätte und das wollte sie vermeiden. Hätte sie sich nicht in Mark verliebt, hätte sie tatsächlich jederzeit zwei kostenlose Callboys haben können, so wie Tina es gesagt hatte. Dieser Gedanke war natürlich verlockend. Doch Maggy entschied sich, die Angelegenheit abzuschließen. Die Hoffnung aber, dass sich Mark eines Tages bei ihr melden würde, die blieb...